KB188281

비둘기 모텔

비둘기 모텔

이하언 미니픽션

우리글

머리말

　생명이 있는 모든 것들은 언젠가는 죽는다. 이 명제는 절대적이지만 단순하지 않다. 삶의 모습들은 결코 같지 않기 때문이다. 다른 시간, 다른 장소는 물론 같은 시간, 같은 장소에 있다하더라도 모든 생명들은 오직 자신만의 사연들을 만들어내고 사라진다.

　그러므로 '삶은 이야기이며 세상을 변화 시키는 모든 행위는 이야기를 전제로 한다. 『서사의 위기 - 한명철 저』'

　미니픽션이란, 짧은 글 속에 결코 짧지 않은 사연들을 담는 문학 장르이다. 나는 이 미니픽션을 통해 다양한 모습의 삶과 죽음, 생명들을 이야기해보고 싶었다. 하지만 이야기들은 지면 속에 갇혀버렸고 시간은 무심히 흘러갔다.

　어느 날 그들이 내게 소리쳤다.
　이제 그만 세상에 내보내 줘!
　그들은 자신들의 사연이 바람을 타고 민들레 홀씨처럼 세상 속으로 퍼트려지기를 바랐지만, 나는 그렇게 하지 못했고 이야기들을 세상에 내놓기로 결심할 때까지 오래 걸렸다.

이제 그들을 풀어놓는다. 내가 할 일은 거기까지다. 그들이 어느 곳 어떤 세상으로 날아가게 될지는 알지 못한다. 그러다 어느 날 문득 내 발밑에서 또 다른 새싹으로 움트는 나의 이야기들을 발견하고 걸음을 멈추게 될지도 모르겠다. 그랬으면 좋겠다.

글은 쓴답시고 혼자만의 세계에 빠져 버린 나를 묵묵히 지켜봐주며 응원을 아끼지 않는 나의 가족들과, 미니픽션의 발전을 위해 애를 쓰는 한국미니픽션작가회 문우들과 나의 글이 세상에 빛을 볼 수 있게 해 준 우리글 출판사 김소양 대표에게 감사드린다.

2024년 여름
이하언

차례

1부

노, 노, 노,

여자는 세 명이었고 아이도 세 명이었다. 한 명은 미혼으로 보였고, 공갈젖꼭지를 문 아기를 안은 여자가 네댓 살로 보이는 여자아이의 엄마이기도 했다. 사내아이는 대여섯 살 정도로 보였다.

중고등학교나 대학교 동창생 친구들인 듯 서로를 향해 무람없이 애, 쟤라고 부르며 여자들은 각각 커피 한 잔과 아이들을 위해 과일 주스와 케이크를 시켰다. 그리고 핸드폰을 켜서 아이용 유튜브를 찾아 주었다. 아이들은 자기 앞에 놓인 케이크를 먹고 핸드폰을 보며 한동안은 조용히 앉아 있었다.

오래 가지는 않았다. 유튜브에 싫증난 사내아이가 일어나 주위를 돌아다니기 시작했다. 사내아이 엄마가 수시로 아이를 붙들어 의자에 앉히느라 이야기 흐름은 자꾸 끊겼다. 여자아이는 케이크가 담긴 접시를 땅에 떨어뜨렸다. 아이용 플라스틱 접시였기에 깨어지지는 않았지만, 요란한 소리에 노트북을 켜놓고 창가에 앉아 있던 젊은 남자가 인상을 썼다.

사내아이 엄마가 비치해 둔 휴지를 한 뭉텅이 꺼내 바닥에 퍼드러진 케이크를 치웠다. 내가 눈짓을 하자 알바가 투덜대며 밀대 걸레를 들고 갔다. 바닥을 닦는 알바에게 아기엄마가 유리병에 담긴 아기 이유식을 내밀었다.

"미안하지만 전자레인지에 2분만 데워주시겠어요?"

"전자레인지는 영업용입니다. 외부 음식은 조리할 수 없게 되어있습니다."

알바생이 퉁명스레 대답했다. 아기엄마의 품에 안긴 아기가 칭얼댔다. 본격적으로 울면 곤란했다. 나는 가늘게 한숨을 내쉬고 손을 내밀었다.

"이리 가져오세요. 데워줄 테니. 하지만 다음부터는 안 됩니다."

데워진 이유식을 아기가 오물오물 받아먹는데 사내아이가 의자를 넘어뜨렸다. 우당탕!

얼굴을 마주보며 정담을 나누던 젊은 남녀가 미간을 찌푸리더니 일어섰다. 사내아이 엄마가 미안하다 사과를 하며 황급히 의자를 바로 세웠다. 그 등을 젊은 남자가 사나운 눈길로 노려보며 말했다.

"맘충들."

"뭐라고 했어요!"

미혼의 여자가 발끈하자 사내아이 엄마가 말렸다.

"됐어, 나가자. 우리에게 자유는 아직 사치인 거 같다."

아기엄마가 주섬주섬 펼쳐둔 아기용품들을 챙겨 넣었다.

"내가 이래서 결혼을 하지 않는 거야."

미혼의 여자가 말했다.

내 분통이 폭발한 것은 그들이 서둘러 나간 뒤 의자 위에 남아있는 걸 보았을 때였다. 기저귀였다. 더 이상 내 카페의 품위를 손상시킬 수는 없었다.

다음날 나는 문 앞에 커다랗게 안내문을 써 붙였다.

'노 키즈존'

늙은 남자가 키오스크 앞에서 마냥 시간을 보내고 있었다. 알바생을 내보내고 대신 들인 키오스크는 알바생 몇 곱의 일을 해주면서 불평도 없었다. 하지만 나이 많은 사람들에게 이 첨단 기기는 통하지 않았다. 그들이 그 앞에 서면 알바생을 썼을 때보다 훨씬 더 시간을 잡아먹곤 했다.

남자 뒤에 두 명의 젊은이들이 서서 기다리고 있었다. 커피를 내리다 말고 어쩔 수없이 가서 주문을 도와주었다. 고맙다며 남자가 내 등을 툭툭 쳤다. 등에 늙은 남자의 체온이 느껴져 불쾌했다. 커피를 가져다주자 남자가 나를 보며 씩 웃었다.

"마담이 예뻐서 커피도 더 맛있겠어."

남자는 자신이 성희롱을 했다는 거 자체도 알지 못할 것이다. 돌아서는데 늙은 남자가 말했다.

"물 한잔 갖다 줘."

"물은 셀프입니다. 음료대에 있습니다."

"늙으면 한번 일어서기도 힘들어. 마담이 좀 가져다 줘."

나는 다음 날 카페 문 앞에 또 하나의 안내문을 붙였다.

'노 시니어 존'

오늘도 창가 자리를 이어폰을 귀에 꽂은 젊은 남자가 차지했다. 커피 한 잔을 시키고 노트북을 펼쳐두고 서너 시간, 어떨 땐 하루 종일 앉아 있곤 했다. 노트북 충전선도 꽂아놓고 나갔다가 한참 후에 돌아오기도 했다.

그러는 동안 다른 손님이 왔다가 자리가 없어 그냥 나갔다. 도저히 안 되겠다 싶어 두 시간 이상은 차지하지 말아달라고 부탁했다. 젊은 남자는 눈을 똑바로 뜨며 따졌다. 커피를 시켜 자리 값을 지불했으니 몇 시간을 있든 자신에게는 당연한 권리가 있다고 했다. 돌아서는 등 뒤에 젊은 남자가 내뱉는 욕설이 들렸다.

"에이 씨파. 존나 재수 없어."

젊은 여자가 커피와 케이크까지 다 먹은 후 컵에 얼룩이 있다며 얼룩을 클로즈업해서 사진을 찍고 환불해 달라고 말했다.

"그건 손님의 립스틱이 묻은 거 아닌가요?"

내 말에 색깔이 다르다며 젊은 여자는 발끈했다. 자신은 구독자가 십만인 유튜버라며, 자신을 양아치 취급하며 명예를

훼손했으니, 환불은 물론 그에 대한 정신적 피해보상까지 해
달라고 했다. 그러지 않으면 SNS에 사진을 올리고 별점 테러
도 하겠다고 협박도 했다.

　나는 다음날 카페 문 앞에 새로운 안내문을 붙였다.

　'노 주니어 존'

　아이들 울음소리와, 노인들 추태와, 젊은이들의 무례가 사
라진 카페는 정말 평화로웠다. 카페 안에는 잔잔한 음악과 향
긋한 커피 향만 그득했다. 나는 음악이 흐르는 카페에서 혼자
커피를 마시며 책을 읽었다.

　마침내 내가 꿈꾸던 카페의 모습이 완성되었다.

무인도

전화 수화기를 들었다. 집 전화로 전화를 하는 것도 참 오래간만이다 하면서 번호 버튼에 검지를 가져가다가 숙영은 멈칫 했다. 이럴 수가, 숙영은 A의 전화번호를 모르고 있었다!

수십 년 동안 거의 매일 통화를 했던 A가 아니었던가.

식구들이 직장으로 학교로 가고 집이 조용해지면 그들은 늘 전화기부터 붙들곤 했다. 해야 할 이야기들은 무궁무진했다. 남편과의 문제일 때도 있었고 아이들 교육 때문일 때도 있었고 생활정보는 물론 위로를 받고 싶어서일 때도 있었다.

한 시간가량 가까이 떠들고 수화기를 내릴 때면 그들은 말했다.

― 못한 이야기는 만나서 마저 해.

아이들이 자라나고 남편의 지위도 달라지고 전화기는 세련되어 갔지만, 전화선을 통해 서로의 삶을 공유하는 건 달라지지 않았다. 그들의 통화방식에 변화가 생긴 건 핸드폰이 등장한 후였다. 시간과 장소에 구애받지 않게 되었고 문자나 영상까지 동원하여 더욱 다양하고 입체적이고 풍성해졌다.

그랬는데,

놀랍게도 숙영은 A의 전화번호를 모르고 있었다.

A의 전화번호는 숙영이 아니라 핸드폰이 기억하고 있었고 그것은 낮에 헤어진 A의 차에 있다. 시어머니가 있는 요양원에 같이 가달라고 해서 A의 차를 타고 다녀왔던 길이었다. 연일 삼십육 도가 넘는 유래 없는 더위에 에어컨을 빵빵하게 틀었지만 더위를 느꼈다. 차창 밖으로 보였던 작물들도 뜨거운 태양 볕을 이기지 못하고 누렇게 타들어 가고 있었다.

요양원에서는 폭염 때문에 환자들 산책도 금지시켜 환자들은 오직 실내에서 시간을 보내고 있었다. 그 때문인지 A의 시어머니는 치매가 더 심해져서 A도 알아보지 못했다. 돌아오는 내내 A는 우울해 했다.

기분전환을 시켜주려고 핸드폰을 꺼내 음악을 찾아 들려주었지만 얼마 있지 않아 배터리가 다 되었다. 충전 잭에 꽂아두고 숙영은 깜빡 졸다 집 앞에 와서야 눈을 떴다. 핸드백은 잊지 않고 챙겨들었지만, 핸드폰은 두고 내렸다.

오자마자 땀을 뻘뻘 흘리며 저녁 준비를 했다. 더위에 입맛 잃은 남편의 반찬 투정을 인내심을 가지고 들어주고, 고3 아들 모의고사 성적표에 한바탕 잔소리 늘어놓고, 윙윙, 날개 소리

내며 돌아가는 선풍기 앞에 앉아, 텔레비전에서 연인들의 사랑 싸움을 보면서도 왠지 세상이 조용해진 느낌이 들었다.

까닭 없는 불안감의 이유를 찾던 그때야 숙영의 손에 핸드폰이 없다는 사실을 깨달았다. A의 집을 찾아가려 즉시 현관으로 나갔지만, 신을 신지 못했다. 충격적이게도 숙영은 A의 집도 알지 못했다.

사는 동네도 아파트 이름도 알고 있었다. 얼마 전에 이사한 A의 집에서 놀다 온 적도 있었다. 하지만 동 호수는 핸드폰만이 알고 있었다. 숫자 하나만 달라도 전혀 다른 집이 되는 그곳을 이 더위에 찾아 헤매 볼 엄두가 나지 않았다.

자신의 차에 숙영의 핸드폰이 있다는 걸 알았다면 A는 자신의 핸드폰에 기록된 숙영의 주소를 찾아 이미 가져다주었을 것이다. 원래 운전하는 걸 좋아하지 않는 A였다. 근래에는 폭염이 무서워 더욱 외출을 피한다고 했다.

핸드폰이 발견되려면 A가 차를 운전할 일이 생겨야 하고 차를 탄 후에는 충전 잭 쪽을 봐야 했다. 그 확률이 모두 만족될 날이 얼마나 될까? 하루, 이틀? 어쩌면 훨씬 더 뒷날이 될 수도 있었다.

대신 A는 시어머니 때문에 속상한 마음을 위로받으려 이미 숙영에게 여러 차례 전화를 했을 것이다. 차 안에서 혼자 울었을 핸드폰을 생각하니 아기 혼자 재워두고 굴 따러 간 섬집 엄마의 심정처럼 조급하고 초조했다.

어떻게 하면 A에게 연락할 수 있을까? B가 떠올랐다. B는 틀림없이 A의 전화번호를 알 것이다. 그러나 숙영은 또다시 절망해야만 했다. 숙영의 머릿속에는 B의 번호도 없었다. B를 아는 C, C를 아는 D, E, F…… 모두 마찬가지였다. 그들은 모두 숙영이 아니라 숙영 핸드폰의 지인들이었다.

핸드폰 없는 숙영은 실체가 사라진 세상에 내동댕이쳐진 허상이었다. 세상으로 돌아오려면 핸드폰에 담겨있던 정보들을 찾아내야만 했다.

다행히 숙영은 이틀 후 약속이 있다는 사실을 기억해 냈다. 내일 아침이면 핸드폰은 알람을 울려 그 약속을 깨우쳐주었겠지만, 이제 모두 스스로 해야 했다. 시간도 알고 있었고 만남의 장소는 자주 가던 곳이었다.

그러나 그 약속이 유효한지는 알 수 없었다. 날씨가 너무 더우면 미루자고 했기 때문이다. 즉각적이고 빠른 연락이 가능한 핸드폰을 모두들 가지고 있기 때문에 몇 시간 전까지도 약속이 바뀔 수 있었다.

텔레비전에서는 군살 하나도 없이 날씬한 여자가 서서 내일은 삼십구 도까지 치솟고 당분간 폭염이 계속 될 거니 외출을 자제하라고 낭랑하게 말했다. 숙영 핸드폰에 이미 취소나 연기한다는 메시지가 들어와 있을지 모른다. 하지만 숙영의 시간은 멈추어버렸다.

오래전 겨울, 친구와 영화관에서 만나기로 한 적 있었다. 그 날은 아침부터 눈이 펑펑 쏟아졌고 숙영은 감기 증상으로 몸 상태가 좋지 못했다. 좋은 컨디션으로 만나고 싶어 약을 먹고 잠깐 눈을 붙였다.

그런데 너무 깊이 잠들어 눈을 떴을 때는 창밖에 뉘엿뉘엿 해가 지고 있었다. 시계가 약속시간이 막 지나가고 있는 걸 보았을 때 숙영은 기절할 듯 놀라 허겁지겁 몸단장하고 달려 나갔다.

길에는 발목까지 빠질 만큼 눈이 쌓여있었다. 간신히 택시를 잡아탈 때쯤 그친 듯하던 눈이 다시 내리기 시작했다. 애가 바짝바짝 탔다. 커피숍 같은 실내가 아니라 영화관 앞에서 만나기로 한 걸 후회하고 또 후회했다.

영화는 이미 끝나가고 있을 시간인데, 이 눈 속에 친구는 숙영을 얼마나 기다렸을까? 올지 안 올지도 모를 막연한 기다림에 지쳐 괘씸타 화도 냈겠지. 다시는 숙영을 보지 않겠다고 분노하며 돌아섰을 지도 모른다. 택시에서 내려 영화관으로 향했을 때는 극심한 불안이 두려움으로 바뀌어 가슴이 쿵쿵 뛰었다.

그런데 놀랍게도 그는 그곳에 있었다. 머리에 하얗게 눈을 올려놓고 이미 시간이 지나가버린 영화표 두 장을 손에 꼭 잡고 그 자리에 발을 동동대며 서 있었다. 주변의 눈은 그가 밟은 발자국으로 눌리고 밟혀 지저분했지만, 숙영이 본 가장 아름다운 눈이었다.

"다행이야, 아무 일 없어서."

그게 숙영을 본 그의 첫 마디였다. 눈길에 혹시 사고라도 났나? 걱정되었지만 알아볼 방법이 없어 마냥 기다렸다고 했다. 가슴 속에서 뜨거운 것이 울컥 치밀어 올랐다. 숙영은 그의 품속으로 뛰어 들어갔고 싸늘하게 식은 품속에 안겨 그를 사랑하기로 결심했다.

그가 지금 숙영의 남편이다.

그러나 남편은 그때의 그가 아니다. 남편은 잠시도 기다리지 못한다. 조금만 늦으면 핸드폰이 불난다.

어디쯤 와있어?

왜 연락을 안 해? 늦으면 전화를 해줘야지.

그날 남편과 숙영은 막막했고 서로의 상황을 알 수 없어 애가 탔지만 시간은 흘렀다. 그런데 지금 숙영의 시간은 멈추었고 소리도 사라졌다.

숙영의 핸드폰에서는 수많은 이야기들이 오고가겠지만 숙영은 그 속에 끼지 못한다. 숙영은 세상에 속할 자격을 잃어버렸다.

보이스 피싱

집전화가 울렸다. 집전화의 벨소리를 듣는 건 낯설었다. 대부분의 사람들은 미숙의 핸드폰으로 연락해왔다. 시름없이 누워 천정만 보고 있던 미숙은 팔을 뻗쳐 느릿느릿 전화기를 잡았다.

— 여보세요, 창호 어머니세요?

수화기를 뚫고 굵직한 남자의 목소리가 들려왔다. 창호! 미숙은 불에 덴 듯 벌떡 일어나 전화기 앞에 허둥지둥 앉았다.

— 창호, 맞아요. 내 아들 창호.

— 창호가 다쳤어요.

미숙이 얼른 말을 하지 못하고 가쁜 숨만 내쉬자 남자가 다시 말했다.

— 머리를 다쳤어요. 피가 나요.

— 아, 안 돼.

미숙이 비명을 질렀다. 남자는 미숙의 과도한 반응에 멈칫 말을 멈추었다. 미숙은 다급하게 말했다.

－ 창호 목소리를 듣고 싶어요.

　남자는 잠시 뜸을 들이더니 기다리라고 했다. 기다리는 몇 초의 시간이 수년이 지나는 듯 길고 길게 느껴졌다. 전화기 너머에서 하이 톤의 울부짖는 소리부터 났다.

　－ 아파요, 아파. 엄마.

　－ 창호야, 창호야. 아프면 안 돼.

　미숙이 울음을 터트렸다. 창호의 목소리는 그걸로 다였다. 남자가 다시 말했다.

　－ 지금 당장 수술해야 해요. 시간이 급해요. 머리를 다쳤다고요. 그냥 두면 죽을지도 몰라요.

　－ 죽으면 안 돼, 안 돼.

　미숙이 울부짖었다.

　－ 빨리 병원비를 부쳐주세요.

　－ 창호 목소리 더 듣게 해주세요.

　－ 통화할 수 없어요. 아까 통화하는 바람에 지금 상태가 더 심각해졌어요.

　－ 제발, 제발 부탁이에요. 통화하게 해주세요.

　－ 수술해야 한다니까요! 애를 살리려면 돈을 부쳐주세요! 삼백만 원. 계좌번호 찍어 드릴께.

　－ 창호와 통화하게 해주세요.

　미숙이 막무가내로 애원하자 남자가 짜증냈다.

　－ 돈을 부쳐 달라니까요! 애를 죽일 셈이에요?

– 만나게 해줘요. 창호를 안아보고 싶어요.

– 이 아줌마가 참! 치료를 해야 만나든지 안아보든지 하지. 수술비를 보내달라고. 삼백만 원. 안 그러면 당신 아들 죽어.

– 창호와 한 번만 더 통화하게 해 주세요.

남자가 어휴, 한숨을 내쉬었다.

– 잠깐만 통화해요. 길게 말할 수 없어요. 애가 아파 다 죽어간다고요.

다시 창호가 울부짖었다.

– 엄마, 아파요. 아파. 수술하게 돈을 부쳐주세요.

– 창호야, 창호야. 보고 싶어. 너 살아있는 거지?

– 돈을 안 주면 죽을 거예요!

미숙이 흐느꼈다.

– 이렇게 살아 있는데. 아빤 네가 죽었다고…… 널 화장했다고…… 산에 뿌려진 건 너 아니었지? 넌 살아 있는 거지?

전화기 너머가 조용해졌다. 미숙은 흐느꼈다.

– 사랑해. 네게 그 말도 하지 못하고 보냈어. 창호야, 사랑해. 내 목숨보다 더 널 사랑해. 너도 날 사랑하는 거지? 제발 그렇다고 말해 줘.

잠시 후 전화기 너머에서 목소리가 들렸다.

– 사랑해요, 엄마.

그리고 전화는 끊어졌다.

미숙은 끊어진 전화기를 들고 오랫동안 흐느꼈다.

골목길

아버님이 돌아가신 후 처음으로 어머님이 올라오셨다. 저녁밥이 될 동안 바람이나 쏘이겠다고 문을 나섰던 어머님이 이내 돌아왔다. 안색이 어두웠다.

"밖에서 무슨 언짢은 일이라도 있었어요?"

동희가 묻자 어머님은 우울하게 중얼댔다.

"이 골목으로 가도 그렇고…… 저 골목도 그렇고…… 골목골목 모두 네 시애비와 같이 누비고 다니던 길밖에 없더라."

어머님은 저녁밥도 뜨는 둥 마는 둥하고 방으로 들어가 모로 누웠다.

돌아가신 아버님과 어머님은 동희 내외가 출근하면 딸아이를 유모차에 태우고 거의 매일 동네 산책을 다니곤 했었다. 아는 사람이라고는 동희네 가족밖에 없던 낯선 서울 땅이라 대화를 나눌 동무도 두 분밖에 없었고 외로움을 나눌 수 있는 동반자도 두 분뿐이었다.

두 분이 서울로 올라온 것은 동희가 교편을 잡게 되자 딸아이를 봐주기 위해서였다. 사실 그것은 동희의 원래 계획과는 한참 거리가 먼 일이었다. 교사자격증이 있던 동희는 딸아이를 낳고난 후 가계에 보탬이 될까 해서 맞벌이를 결심했었고 운 좋게 한 학교에서 새 학기부터 출근하라는 연락을 받았다.

아직 돌도 안 지난 딸아이는 타 지역에 있는 친정 부모가 방학 때까지 맡아서 키워주기로 하여 감당하기 벅찼던 육아 문제에서 해방되는 보너스도 얻게 될 듯했다.

그러던 어느 날 연락도 없이 옷가방 하나만 들고 시부모님이 불쑥 올라오셨다. 잠시 놀러 오신 거려니, 곧 내려가시겠거니 생각했다.

방 두 칸의 좁은 연립주택이라 시부모님과의 동거는 불편하기 짝이 없었지만, 잠깐 계실 건데 그때까지 최선을 다해 모시자 싶어 동희는 빽빽 울거나 정신없이 설쳐대는 아이를 업거나 안고 하루 종일 파김치 되도록 뛰어다녔다.

출근할 날이 가까워져도 시부모님은 돌아갈 기미가 보이지 않았다. 언제 가실 거냐, 차마 물을 수가 없어 눈치만 보다가 결국 먼저 입을 뗐다.

"저, 어머님, 제가 곧 출근하기 때문에 아이를 친정에 맡기러 내려가야 하는데……."

그 순간 어머님이 싹둑 말을 잘랐다.

"그럴 필요 없다."

"네?"

"우리, 서울에서 살려고 온 거다. 네가 직장 다니게 되었다는 말을 듣고 네 시아버지가 그러더라. '우리 둘이 같이 애나 키워주면서 이제부터는 막내아들하고 같이 살자'고."

동희의 남편은 막내아들이었다. 두 분에게는 동희의 딸아이를 빼고도 손자들이 열 명이 넘었다. 그러나 손자가 그렇게 많아도 아버님의 품에 안겨본 아이는 동희의 딸아이가 처음이라고 큰동서가 말할 만큼 시아버님은 가부장적이었고 남자는 집안일을 해서도 안 되고 희로애락의 감정을 드러내도 안 된다고 생각할 만큼 완고했다.

어머님 또한 바쁜 농사일에 치여 안살림 거두는데 재미 붙여볼 겨를도 가져보지 못하고 '난 집안일하는 것보단 차라리 농사짓는 게 더 쉽다'고 말하곤 했다.

큰 며느리도 일찌감치 보아 살림에 손을 뗀 지도 수십 년 되어 부엌에 들어가는 것을 낯설어 했다. 그러다보니 자식은 물론 손자들도 품에 안고 정을 나눠본 기억이 별로 없을 만큼 살가운 성격도 되지 못했다. 그런 두 분이 칠십을 눈앞에 두고 빨빨 기어 다니는 아기를 키워보겠다고 낯선 서울행을 결심했다는 것이다.

동희의 직장생활은 그렇게 시작되었다. 시장 보고, 반찬 만들어 두고, 엄마를 안 떨어지려는 아이와 놀아주고, 남편 챙기기, 시부모님 모시는 일 모두 출근 전이나 퇴근 후 동희가 해야 할 일이었다.

동희 내외가 출근하고 나면 시부모님은 딸아이를 유모차에 태워 동네를 돌아다녔다. 아이 키우는 것은 두 분이 다 서툴러 집안에서는 돌보기 힘들지만 유모차에 태워 돌아다니면 아이도 얌전해지기 때문이었다.

처음은 어쩔 수 없어서 시작했겠지만 함께 보내는 시간에 두 분은 서서히 재미를 붙이셨던 것 같았다. 아버님은 그 시간을 통해 아내와 손녀와 함께 나들이 비슷한 것을 해본 최초의 경험을 했고, 어머님은 도란도란 이야기 나누며 남편과 함께하는 즐거움이 어떤 것인지 알아갔다.

빈 땅만 생기면 연립주택들이 들어서던, 늘 어디선가 공사중인 동네였다. 골목길은 나무 한 그루 없이 삭막했고 날리는 먼지를 막으려 시멘트로 덮어버려 풀 한 포기 볼 수 없었다. 그런 변두리의 뒷골목이었지만, 다정히 어깨를 맞닿으며 평생을 해로한 부부가 같이 걷는 소박한 행복을 두 분은 처음으로 맛보고 있었다.

나무 우거진 시골에서 농사지으며 칠십여 평생 같이 늙어왔지만 고된 일에 치여서, 남녀유별이라는 고정된 틀 때문에, 뻔히 아는 동네사람들의 이목 때문에, 체온은 물론 제대로 부부의 정을 나누어본 적 없이 삭막하게 늙어온 부부였다. 아무도 모르는 낯선 서울이 두 분을 서로 의지하게 만들고, 뒤늦게 육아의 어려움도 함께 나누며 때늦은 신혼의 애틋한 추억을 새록새록 쌓아가게 했다.

그런데 두 분이 가까워지는 만큼 동희 부부는 멀어져야 했다. 고된 하루일과에 치여서, 남녀유별이라는 전통을 잇기 위해서, 좁은 집안 어디서나 마주치는 시부모님의 시선 때문에, 밤새 보채는 아이를 동희 홀로 감당해내며, 신혼의 달콤함은 보따리로 꽁꽁 안보이게 싸매었다.

여름방학이 되자 두 분은 시골로 내려가셨다. 그러나 아버님은 다시는 서울로 돌아오지 못하셨다. 시골에서 바쁜 농번기의 일을 거들어주다가 무언가를 잘못 드셨는데 그게 원인이 되어 자리에 누운 지 두어 달 만에 돌아가신 것이다.

홀로 등을 보이며 누워계신 어머님의 뒷모습이 쓸쓸했다. 애정 표현을 금기시하며 평생을 살아온 노부부였다. 때늦게 부부간의 사랑에 대해 처음으로 눈뜨기 시작했지만 그 시간은 너무 짧았다.

"음마, 또~옹~"

아이의 목소리가 동희의 상념을 깨트렸다. 황급히 아이를 향하는데 가스레인지 위의 냄비에서 연기가 피어오르는 것이 보였다. 내일 동희가 출근한 후 아이와 어머님이 먹게 될 반찬이 눋고 있었다.

질세라 전화벨도 울렸다. 남편이 친구들을 데리고 집 앞에 와있다고 했다. 동희는 눈치 없이 들어선 둘째로 불룩해진 배 때문에 헥헥대며 아이의 똥을 처리하고, 냄비의 불을 끄고, 곧 들이닥칠 남편친구들에게 욕먹지 않게 어수선한 집안을 치우며, 분명히 술들을 마실 텐데 안주는 뭐로 내놓나 고민하느라 머릿속은 몸보다 더 분주해졌다.

그럴 줄도 모르고

아침에 냉장고 문을 여는 순간 부패가 시작되는 냄새를 맡았다. 냉기 잃은 냉장고 속에서 갇힌 음식들이 냄새를 풍기고 있었다.

제조회사에 A/S를 요청한 후 음식들을 꺼내기 시작했다. 냉장고의 음식들은 모두 용기에 들어있었으므로 처리가 어렵지 않았는데 냉동고는 심각했다.

문을 열어보니 평소에는 깡깡 언 것들로 꽉 차있던 곳이 부피가 팍 줄어들어 반도 안 되었다. 녹아서 냉동 칸 바닥에 뒤엉겨 붙어 있었던 것이다. 이미 해동이 시작된 고기에서 배어 나온 핏물이 벌겋게 바닥을 적셔 지저분했다. 고기 비닐봉지를 꺼내는데 핏물이 뚝뚝 바닥으로 떨어졌다.

싱크대 위는 냉동고 속에서 나온 것들로 쌓이기 시작했다. 냉동고에 넣을 때 부피 때문에 그녀는 플라스틱 통보다는 비닐봉지를 더 선호하는 편이었고, 이런 비상사태 발생까지 고

려할 수는 없는 일이었다.

앞쪽의 것들은 최근에 들어간 것들이라 봉지를 보아도 무엇인지 알 수 있지만, 냉동고 뒤쪽에서는 정체를 알 수 없는 봉지들이 꾸역꾸역 나왔다.

시커먼 검은 비닐봉지를 풀어보니 말라빠진 시루떡이 들어있었다. 이건 언제 거지? 뜯어 맛을 보니 퀴퀴한 냄새가 났다. 인상을 찌푸리며 뱉어내던 그녀의 머릿속에 한 젊은 여인이 떠올랐다. 옆집에서 준 이사 떡이었다.

그때 그녀는 그 떡보다 떡을 주는 여인의 미모를 보며 감탄했었다. 결혼 후 첫 살림을 시작하는 거라는 말에는 감동까지 할 뻔했다. 이웃 간에 얼굴도 모르고 살 만큼 삭막해진 인심에 막 결혼한 고운 새댁이 이사 떡을 돌리는 경우는 흔하지 않는 일이었다.

떡은 쓰레기통으로 들어갔다. 여인은 지금 옆집에 살고 있지 않다. 그들 부부는 일 년도 채 지나지 않아 이혼을 했다.

가래떡 썬 봉지도 있었다. 그녀는 겨울이면 좋은 쌀로 방앗간에서 가래떡을 뽑았다. 그것으로 끓인 떡국은 사먹는 떡국 떡과는 비교가 되지 않았다.

딸아이는 떡국을 좋아했다. 쇠고기 고명과 계란, 김을 올린 쫀득쫀득한 떡국을 딸아이는 후후 불며 맛있게 먹곤 했다. 딸아이가 미국으로 간 후 떡국 떡도 어느새 냉동고 깊은 속으로 밀려 가버렸다.

얼었다 녹는 바람에 갈라터지기는 했지만 먹을 만했다. 그녀는 떡을 물에 담갔다. 해동이 돼버린 고기도 다시 얼릴 수는 없으니 먹어 치우든지 해야 했다. 고기로 고명을 만들어 오늘은 떡국이나 끓여먹기로 작정했다.

　벌겋고 커다란 봉지는 묵은 김치였다. 그녀는 남은 김치를 곧잘 냉동고에 넣어두곤 했다. 그것은 김치찌개도 되었고 김치전이 되기도 했다. 김치전을 부치면 남편과 딸이 머리를 맞대며 죽죽 찢어먹곤 했다. 딸은 미국에서도 김치를 담아 먹는다며 미국인 사위도 김치를 좋아한다고 했다. 언제 한국에 오면 묵은 김치로 만든 김치전을 맛보여야지. 그녀는 다시 비닐로 잘 쌌다. 김치는 묵으면 묵은 대로 시어지면 시어진대로 새로운 맛을 만들 수 있는 재료였다.

　투명한 비닐 안에 물이 들어가 눅눅해진 가루뭉치가 있었다. 들깨가루였다. 유난히 추어탕을 좋아했던 남편은 추어탕은 들깨가루를 풀어야 제 맛이라고 했다. 막 결혼 했을 때만 해도 미꾸라지를 만질 엄두도 내지 못했던 그녀가 추어탕 선수가 된 것도, 한동안 그녀의 냉동고 안에 들깨가루가 떨어지지 않았던 것도 모두 남편 때문이었다.

　그 옆의 봉지에는 자잘한 갈치들이 들어있었다. 남편이 낚시로 잡아온 것들이었다. 밤을 새우고 새벽에 들이닥친 남편은 자랑스럽게 전리품을 담은 스티로폼 상자를 내밀었다. 그녀는 그 얼굴에 면박을 주었을 것이다.

"에게, 이렇게 잘아 빠진 갈치는 평생 처음 보겠네. 이런 거니까 당신에게 잡혔지."

뼈를 추려내면 먹을 것도 없을 빈약한 갈치라서 찌개를 끓일 수 없었다. 그녀는 튀김옷을 입혀 바삭하게 튀겼다. 처음 해본 갈치 튀김이었지만, 워낙 싱싱해서 뼈째 먹는 맛이 구수했다. 이 별미를 혼자 먹기 아깝다며 남편은 친구를 몇 명 불렀다. 그날 튀긴 갈치를 인주삼아 자신의 낚시 실력, 그녀의 요리솜씨를 자랑하며 밤 새워 소주를 마셨다.

남편의 밤낚시는 그때가 마지막이었다.

전날 일찍 잠자리에 든 후 다시는 일어나지 못했던 남편은 그날도 낚시 일정이 잡혀 있었다. 남편이 간 후 슬픔에 잠겨 있을 시간도 없었다. 예상치 못한 죽음에 남편은 아무런 준비도 해두지 못했다. 그녀가 다 알지 못했던 남편 삶의 뒷마무리는 슬픔보다 더 오랫동안 그녀를 괴롭혔다.

누렇고 끈적끈적한 물이 흐르는 갈치도, 눅눅해진 들깨가루도 모두 쓰레기통으로 들어갔다. 봉지가 뜯긴 만두도 있었고 시래기뭉치도 있었고 고등어 토막도 있었다. 곧 먹게 될 거라고 잠시만 보관할 거라고 생각했을 것이다. 고기핏물과 얼음 녹은 물로 뒤범벅이 되어 쓰레기통으로 들어가게 될 줄 알았다면 이렇게 꾸역꾸역 넣지 않았을 것이다.

냉장고를 비우고 나니 부엌은 엉망이 되었고 시큼하고 퀴
퀴한 냄새가 집안을 떠돌고 있었다. 미련으로 비워내지 못했
던 죽음의 냄새였다.

버킷리스트

　전채 요리접시가 나가고 회가 들어왔다. 커다란 접시에 실처럼 가늘게 채친 무 더미 위에 얇게 저민 광어와 연어, 방어가 각각 몇 조각 씩 놓여있었다. 이미 앞서 나온 문어숙회, 멍게 등으로 나는 이미 배가 부른데 회를 보는 준화의 눈에는 생기가 돌았다.

　내가 젓가락을 들어 방어 한 점을 집어 고추냉이를 푼 간장에 적시는 동안 준화는 광어를 집었다. 준화의 머리카락이 전등불을 받아 반짝였다. 어깨를 살짝 덮은 머리카락 윤기가 어딘가 자연스럽지 못했다.

　간장에 살짝 찍은 회를 입으로 가져가던 준화가 머리로 향한 내 시선을 보더니 씨익 웃었다. 준화는 상 위에 젓가락을 내려놓았다. 그리고 두 손을 머리로 가져갔다.

　앗! 나는 짧은 비명을 질렀다. 준화는 자신의 머리카락을 벗겨내어 보란 듯이 들어, 놀란 내 눈앞에 흔들어 보여주었다.

"아빠가 언제쯤 알아차릴까 했어. 답답해 죽는 줄 알았네."

가발 속에 숨겨졌던 준화의 머리는 다듬지 않고 비쭉비쭉 제멋대로 자란 밤송이였다.

커다래진 눈을 준화의 머리통에서 떼지 못하고 있는 동안 준화는 다시 젓가락을 들고 이번에는 연어 회를 고추냉이에 찍어 입에 넣었다. 이 회 참 맛있어 라고 하듯 준화가 말했다.

"나 암이었어. 악성 림프종이라는."

암이라는 단어의 무게에 눌려 나는 잠시 숨을 멈췄다. 인간 극장이라는 리얼리티 프로그램에서 암 투병으로 무너져가는 사람들의 일상을 본 적이 있었다. 그것은 길고 처절한 싸움이었다. 하지만 나하고는 상관이 없는 남의 이야기였다. 그런데 준화가 암이었다고?

"목 부분에 무언가 만져지는 거야. 선배가 당장 병원에 가보라고 하지 않았으면 안 갔을 거야. 선배는 자기 언니가 나와 똑같은 증상을 보였다고 대번 악성 림프종을 의심하더라니까. 운이 좋았어. 호지킨 2기였지만 예후가 좋은 병이거든."

회 한 점을 집어 맛있게 먹은 후 준화는 무심히 말했다.

"하지만 걱정 마, 이젠 나았으니. 수술도 했고 항암치료도 마쳤고 여섯 번의 방사선치료까지 끝냈거든."

더듬어 생각해보니 준화와 마지막으로 만난 지 거의 이년이 가까워오고 있었다. 애견 숍에서 애견 미용사로 취직했다는 준화는 이따금 전화만 해왔다. 준화는 늘 잘 지낸다고 말했고 나는 그 이상 알려고 하지도 않았다. 나는 지쳐있었고 나 자신의 무게도 감당해내기 힘들었다.

곤궁했지만 사장에게 밀린 월급을 조르기는커녕 공장 문을 닫지 않기만 바랐다. 조선업이 내리막길이라 부품의 공급 길도 막혀 공장을 근근이 돌리는 형편인 걸 잘 알기 때문이었다.

경제적 어려움보다 더 나를 힘든 게 한 것은 살아가야 할 의미를 찾지 못한 것이었다. 눈을 떴으니 일어나고 일어났으니 밥을 먹고 밥을 먹었으니 일하러 나가는 의미 없는 나날들에 지쳐갔다. 저녁에 침대에 누우면 다시는 눈을 뜨지 않았으면 싶었고 아침에 눈을 뜨면 또 하루를 살아내야 한다는 압박감에 숨이 막혔다.

그러는 동안 준화는 병에 걸렸고 혼자 수술을 했고 혼자 항암치료를 했고 혼자 방사선 치료까지 마쳤다, 라고 이야기하고 있었다.

"엄마도 알아?"

"방사선 치료까지 끝난 후에 말했어. 속상해서 막 울더라고."

이혼한 후, 아내는 준화를 데리고 역시 딸이 한 명 있는 남자와 재혼했다. 준화는 대학에 들어간 후, 아내의 집에서 독립해 나와 아르바이트를 하며 혼자 힘으로 학교를 다니고 생활을 해나갔다. 나는 이따금 학비를 보내주는 것으로 아버지로서의 의무는 다했다고 스스로를 합리화했다.

"아빠, 그거 안 먹을 거야? 내가 다 먹어도 돼?"

내가 손대지 않은 회를 보고 준화가 말했다. 그러라고 하자 준화는 서슴지 않고 남겨진 회를 마저 먹었다. 맛있게 먹고 있는 준화의 들쑥날쑥 자란 까치집 머리를 보자 문득 텔레비전에서 들은 짧은 상식이 머리를 스치고 지나갔다. 암환자는 날 음식이 위험하다, 면역력이 떨어졌으므로 일반인들에게는 문제되지 않을 세균에 치명적으로 감염될 수 있다는.

나는 회를 향하는 준화의 손을 잡았다.

"암환자는 회를 먹으면 안 되잖아!"

막 회를 향해 젓가락을 가져가던 준화가 신기하다는 듯 눈을 둥그렇게 떴다.

"어, 아빠가 그런 것도 알아?"

"내가 아나 모르나 시험해본 거야? 안 되는 걸 알면서 왜 회집으로 오자 한 거야?"

회를 사달라고 한 사람은 준화였다. 난데없이 전화해온 준화에게 나는 회집 같은 데 갈만한 형편이 되지 못한다는 말을 할 수가 없었다. 생각해보면 준화가 내게 밥을 사달라고 한 건 처음이었다. 사주겠다고 흔쾌히 대답했던 나 자신이 바보같아 짜증이 났다. 준화가 하하 쾌활하게 웃었다.

"걱정 마. 방사선 치료까지 끝낸 지도 한참이고 예후도 좋은 걸. 의사 선생님도 괜찮다고 했어."

"오 년은 지나야 되는 거잖아."

"그건 완쾌 판정기간이지."

준화의 손을 잡은 손아귀에 힘이 풀렸다. 그러나 여전히 마음은 편치 않았다.

"그렇다 해도 하필이면 회집이냐? 다른 데도 많은데."

"암 환자가 되면서 가장 슬펐던 게 뭔지 알아?"

날름 마지막 회 조각을 입에 넣으며 준화가 말했다.

"회를 먹을 수 없다는 말이었어. 우습지? 죽을지 모른다는 두려움보다 회를 먹지 말라는 말에 더 충격을 받았다니 말이야."

아내의 뱃속에 준화가 있을 때 바다마을에 간 적이 있었다. 부모님 돌아가신 후 발길을 끊었던 내 고향이었다. 그때만 해도 바닷물은 맑고 깨끗했고 갯벌도 살아있었다. 갯벌에는 온몸에 개흙범벅이 된 사람들이 웅크리고 열심히 일을 하고 있었다.

갯벌을 처음 본 아내가 신기해하며 구경하자 어떤 할머니가 아내에게 무언가를 내밀며 먹어보라고 했다. 보니 자그마한 굴이었다. 입덧으로 음식들을 잘 먹지 못했던 아내였는데 웬일인지 그 굴은 덥석 받아 입에 넣었다. 살아있는 싱싱한 굴맛을 본 아내는 또 먹고 싶다며 고개를 갯벌에 박고 다니기 시작했다. 그러다 굴이 발견되면 주저 없이 주워 까먹었다.

그 모습이 그다지 보기 좋지는 않아 아내를 데리고 횟집으로 갔다. 마음껏 먹어보라고 굴은 물론 회도 시켰다. 바다에서 막 잡아온 거라는 펄떡펄떡 뛰는 생선이 회가 되어 나오자 아내는 기쁨을 감추지 못했다. 접시를 순식간에 비우고 나서 아내는 변명처럼 말했다.

"내가 먹는 게 아니라고, 뱃속에 애가 더 먹고 싶다고 조르는 거야."

아내 말 대로였다. 준화는 굴이나 회라면 자다가도 벌떡 일어날 만큼 좋아했다. 그러니 어쩌다가 했던 가족 외식은 당연히 일식집이나 회전초밥 집이었다.

"고마워 아빠, 덕분에 오늘 나는 내 버킷리스트 두 개를 이루었어."

암 판정을 받는 순간 만든 버킷리스트라고 했다. 그 중 나랑 외식하는 거, 그리고 회를 먹는 게 들어있었다.

"병원에서 의사선생님이 허락해주자 제일 먼저 생각난 사람이 아빠였어. 아빠와 함께 내가 살아있음을 확인하고 싶었거든."

버킷리스트를 만들 때 절박했을 준화의 심정이 느껴져 먹먹해졌다. 어쩌면 준화는 나만이 아니라 아내도 함께 하는 식사를 꿈꾸었을 것이다. 하지만 그건 결코 이루어질 수 없다는 걸 준화도 안다.

"근데 아빠에게도 버킷리스트가 있어?"

"방금 만들었어."

"뭔데?"

"살아가는 것."

준화가 피식, 김빠지는 소리를 냈다.

"에이, 재미없는 아재 개그. 버킷리스트는 살아가는 게 전제야. 살아있는 동안 원하는 걸 이루어 나가는 거라고."

부끄럽게도 나는 그동안 살아가야 할 이유를 잊고 있었다. 이제야 깨달은 내 버킷리스트는 준화를 위해서, 준화의 버킷리스트를 위해서, 그리하여 준화를 닮은 손주가 내게 버킷리스트를 말해줄 때까지, 열심히 힘차게 살아 내는 것이다.

방문이 열리더니 종업원이 들어왔다. 종업원의 손에 들린 큼직한 접시에는 다양한 종류의 초밥이 올려져있었다. 준화의 눈이 다시 반짝거렸다.

지팡이와 진주

멤버는 모두 일곱 명이었다.

부부 두 팀, 혼자 온 여자, 그리고 엄마와 나영.

단체 비자였으므로 모두 같이 입국하고 같이 출국해야 했다. 나눠준 비자 사본을 보니 모두 은퇴를 했음직한 나이였는데 나영이 가장 젊었고 당연한 일이지만 엄마가 가장 많았다.

공항에서 앞으로 3박 4일을 같이 하게 될 사람들과 인사를 나누었다. 엄마를 보는 표정들이 좋지 않았다. 그들의 목소리가 들리는 듯했다. 저런 노인을 데리고 오면 어떡해. 단체관광인데 민폐잖아.

엄마가 북경 여행을 가겠다고 할 때 오빠와 나영은 너무 황당해 잠시 말문을 열지 못했다. 엄마의 허리는 오랜 농사일로 거의 구십 도로 굽었고 지팡이가 없으면 걷는 것도 힘들었다. 안 된다고 하자 엄마가 툭 던지듯 말했다.

"너네들에게 돈 내라고 안 한다."

"무슨 말을 그리 삐딱하게 해요. 그깟 논 한 마지기 팔아먹었다고 언제까지 그럴 거요. 요즘 세상에 물려받은 재산 하나 없이 맨바닥에 헤딩하며 살아가는 게 얼마나 힘든 건지 엄마가 알기나 해요?"

오빠가 울컥했다. 남들은 집도 사주고 건물도 물려줍디다. 소리를 덧붙이지 않은 것만도 다행이었다. 엄마의 논 한 마지기는 넘어가는 오빠의 사업을 지탱해주기에는 너무 적었지만 그게 엄마에게 남은 전부였다.

"그리고 패키지잖아요. 같이 여행하는 사람들 기분도 생각해야지."

사업 실패로 허덕이고 있는데 도와주지도 못하면서 한가하게 여행이나 가겠다는 엄마가 오빠는 야속했겠지만, 엄마도 지지 않았다.

"다른 사람 기분만큼 내 기분도 생각해주면 좋겠다."

"정 그러면 강원도나 다녀오자. 바다도 보고 쉬다 오게."

나영이 타협안도 내놓아 보았지만, 엄마는 그들이 반대할수록 더 오기를 부리는 거 같았다.

"내 돈 주고 가는 여행, 내 마음대로 갈란다. 80 넘은 사람은 보호자가 동행해야 한다고 하지 않았으면 너희들에게 말도 안 꺼냈을 거다."

하지만 여행사에서도 지팡이를 짚어야 걸을 수 있는 엄마의 상태까지는 몰랐을 것이다. 그랬다면 동행자가 있어도 안 받았을지 모른다.

탑승 시 지팡이는 따로 부치라고 했지만 북경 공항에 도착하여 다른 짐들이 다 나올 때까지 나오지 않았다. 찾아 가져다주겠다는 중국 직원의 말에 하릴없이 기다렸지만, 어느 순간 직원도 사라지고 지팡이는 끝내 받지 못했다. 처음부터 일정에 차질을 주었지만 일행들은 불평을 하지 않고 나영 모녀를 기다려 주었다. 점잖은 일행들을 만나 다행이었다. 오빠였으면 고함을 질렀을 것이다.

– 나도 돈을 내고 없는 시간 쪼개서 온 거라고, 왜 저 노인 땜에 내 아까운 시간을 낭비하게 하느냐고!

어쩔 수 없이 나영이 엄마의 지팡이가 되었다. 점심을 먹고 나선 첫 코스는 만리장성이었다. 산을 휘감고 올라가는 장성은 보기만 해도 까마득했다.

엄마는 나영의 손에 의지해 장성에 발을 디뎠다. 만리장성을 오르는 사람들은 인종도 나이도 다양했다. 하지만 구십도 가까이 허리가 굽은 노인은 한 명도 없었다. 사람들이 흘깃대며 지나쳐갔다.

사람 열 명이 나란히 서서 행진할 수 있다는 넓이의 성곽이 끝나고 본격적인 계단이 시작되었다. 달에서도 보인다는 만리장성의 거대함에 찬사를 보내는 사람들 중에 수많은 사람들의 강제노역과 피와 땀, 비참한 사연들을 기억하는 사람은 없었다.

계단은 벽돌 한 장 높이이기도 했고 두 장, 세 장 들쑥날쑥 높이가 달라 건강한 사람들도 보폭을 잡아 오르기 힘들었다. 나영에게 온몸을 맡기고 올랐던 엄마의 모험은 가파른 벽돌 계단 앞에서 마무리되었다.

계단을 밟고 만리장성을 올라간 일행들이 돌아올 동안 엄마는 나무 그늘 아래 의자에 앉아 쉬었다. 나영은 주변의 가게들을 둘러보았다. 그리고 마침내 지팡이를 찾았다.

손에 지팡이가 들려지자 엄마는 안심했지만 사실은 나영이 더 반가웠다. 잠깐이지만 만리장성 초입에 올라갔다 내려왔을 때 이미 나영은 엄마의 지팡이가 되어 여행을 계속해낼 자신을 잃어버렸다. 나영에게 실린 작고 깡마른 몸피의 엄마 무게가 버거웠다.

다음 날은 서태후의 이화장이었다. 이화장 안은 걸을 곳이 많았다. 굽은 허리를 지팡이로 지탱하면서도 엄마는 일행을 놓칠세라 부지런히 걸음을 놀렸다. 평생 농사일로 다져진 엄마는 허리는 굽었지만, 몸놀림은 가벼웠다.

서태후의 말 한마디로 땅이 호수가 되고 산도 만들어냈다는 이화장은 아름다웠다. 서태후는 중국의 문화 발전에 많은 영향을 끼쳤다고 가이드가 진담 같기도 농담 같기도 한 이야기를 했다.

매끼 128가지의 반찬을 상에 올려야 했으니 숙수들은 메뉴 개발에 전념할 수밖에 없었고, 오래 살고 싶어 하는 서태후를 위해 의원들은 갖가지 약초들을 연구했고 늙지 않으려는 서태후를 위해 갖가지 화장품과 비방이 개발되었다.

늙지 않기 위해 한 비방 중에는 막 출산을 한 산모들의 초유로 목욕하거나 진주가루를 먹는 것도 있었다. 그 덕인지 평균 수명이 삼십 대 정도였던 그 시절 서태후는 두 배 이상 살았다. 하지만 그 모든 것은 오직 서태후 한 사람을 위한 것이어서 남은 음식을 아랫사람이 먹거나, 조금이라도 비위에 거슬리는 행동을 하면 죽음으로 다스렸다고 했다.

최상품 보이차 대신 소주나 막걸리를 마시면서, 서태후가 죽었던 73세 그때도 땡볕의 밭에서 일을 하고 있었던 엄마는 잠시 이화장의 정원에 앉아 서태후보다 십 년을 더 사느라 더 굽어진 허리를 폈다.

서태후는 성욕도 식욕, 권력욕도 뒤지지 않아 마음에 드는 경극 배우가 있으면 동침하고 난 다음 물에 빠뜨려 죽였다고 했다. 서태후가 남자들을 발로 차 넣었다는 연못을 엄마는 묵묵히 보았다. 처지고 주름진 옆얼굴에 콧날은 아직도 오똑 서 있었다.

엄마에게도 연인이 있다는 사실을 알았을 때 오빠와 나영은 한동안 엄마와 말을 섞지 않았다. 엄마가 재혼을 할 거라고 했을 때 나영은 단식투쟁을 벌였고 중학생이던 오빠는 가출을 감행했다.

　가출했던 오빠가 공중전화 동전을 털다 잡혔다고 경찰서에서 연락이 오지 않았다면 엄마는 재혼했을까? 단식 투쟁하던 나영이 빈혈로 쓰러지지 않았다면 엄마는 자신의 행복을 찾아 떠나갔을까?

　저가 여행에서 감수할 수밖에 없는 쇼핑센터가 다음 코스였다. 진주 가게와 보이차 가게, 한약 조제원을 들를 거라고 했다. 진주가루를 먹었던 서태후의 피부는 아기처럼 고왔고 매끼 기름진 음식을 먹었지만 보이차를 즐겨 마셔 성인병도 없었고 온갖 약초가 서태후의 장수를 지켜주었다고 가이드는 열심히 밑밥을 깔았다.

　서태후가 저지른 갖가지 악행을 비난하면서도 서태후가 누린 호사를 따라 하고 싶어 하는 사람들의 이중성을 가이드는 교묘하게 파고들었다. 서태후의 이야기와 서태후가 남긴 것들 그리고 서태후가 자신 한 몸의 호사를 위해 썼던 그 모든 것들이 후손들의 삶도 풍요롭게 해주고 있었다.

　"조상 덕을 톡톡히 보네."

　일행 중 누군가 부럽게 말했다.

　진주만이 아니라 루비, 비취, 온갖 종류의 보석들이 눈부신 진주 가게에는 진주가루로 만들었다는 분과 크림도 있었다.

　엄마가 진주 영양크림에 발을 멈추자 상인이 얼른 진주 알

갱이처럼 만든 크림 한 개를 떠내서 엄마의 손등에 올려주었
다. 문질러보라고 했지만 엄마는 진주 알갱이를 가만히 들여
다보고만 있었다.

문득 오빠가 가출하면서 들고 나가 팔아먹었던 엄마의 진주
반지가 생각났다. 누가 준 것인지 처음으로 궁금해졌다. 엄마
의 연인이 주었던 걸까?

한국 돈도 받는다며 능숙한 한국어로 상인이 유혹했다.

"서태후도 이 진주 덕에 어린아이처럼 고운 피부를 가졌던
건 아시죠? 그런 걸 한 개 값에 두 개 드린다니까요."

나영은 엄마 손을 잡아끌었다.

"가, 엄마. 그거 모양만 진주야, 진짜 진주가루가 섞였는지
아닌지 어떻게 알아."

상인이 나영의 말을 강하게 부정했다.

"진주가루 들었다니까요. 요샌 중국도 법이 엄격해서 가짜
못 팔아요."

섞였다고 해도 병아리 눈물 만큼이겠지. 상인은 엄마의 주
름진 얼굴을 보며 유혹했다.

"이걸 바르면 서태후처럼 회춘하실 테니 두고 보세요."

재혼을 포기한 후 나영은 엄마가 화장하는 것을 본 적 없
었다. 로션은 물론 선크림조차 바르지 않고 들에 나가 얼굴
은 늘 시커멓게 그을려 있었다. 엄마가 잡아끄는 나영의 손
을 뿌리쳤다.

"하나 줘요."

말릴 새 없이 엄마는 허리춤에 감춰둔 지갑을 꺼내 돈을 지불했다. 상인은 얼른 봉투에 두 개를 넣어주며 덧붙였다.

"선물로 주면 다들 좋아할 거예요."

엄마는 잠시 상인을 보았다. 뭔가 할 말이 있는 듯했지만 입을 다물었다. 나영은 상인이 내민 봉투를 받았다.

자신의 욕망을 위해 자식도 희생시켰던 서태후가 남긴 관광상품을 나영에게 맡겨놓고, 엄마는 다시 지팡이를 들었다. 지팡이에 의지해 일행의 뒤를 쫓아 발을 재게 놀리는 엄마의 굽어진 허리는 서태후의 이화장에서 이질적이었다.

나영은 봉투 속의 진주 크림을 보았다. 품질은 어떤지 몰라도 영롱한 진주 같은 모양은 고급스러웠다. 나영과 올케에게 주려는 거겠지.

가치

조카 신혼부부의 폐백이 끝나자 남동생은 부모님과 집에 먼저 가 있으라며 자동차 열쇠를 주었다. 피로연이 남았지만 연로한 부모님은 많이 지쳐있었다. 손자며느리를 본 기쁨에 연신 싱글벙글인 부모님을 부축해 뒷좌석에 앉히려던 정숙은 좌석에 놓여 있는 책 서너 권을 보았다. 치우려다보니 아버지의 에세이집이었다.

"어? 아버지 책 내셨네?"

"그래, 그동안 써둔 거 묶어서 아는 사람들에게 나눠 주려고 책으로 냈다."

뒷좌석에 앉던 아버지가 자랑스레 말했다. 운전석에 앉아 안전벨트를 채우며 정숙이 말했다.

"저도 한 권 가지고 갈게요."

"그건 안 돼. 네 동생 사돈하고 고향 조카에게 줘야 해. 넌 나중에 더 만들어 줄게. 몇 권 안 만들었더니 부족해."

사돈과 고향 조카에게 밀린 순서를 따라 잡아보려는 듯 정숙은 액셀러레이터를 힘껏 밟았다.

동생네 아파트는 올케의 성격만큼 깔끔하게 정리되어 있었다.

아버지는 소파에 앉자마자 텔레비전부터 켰고 엄마는 힘들다며 소파에 비스듬히 몸을 기댔다. 텔레비전에서는 요즘 한창 인기 있는 연속극이 펼쳐지고 있었다. 아버지는 금방 텔레비전 속으로 빠져들었다. 삼각관계와 출생의 비밀 같은 막장 요소를 빼면 이야기가 없냐며 연속극을 경멸하던 아버지는 정년퇴직 후부터는 엄마보다 더 열렬 시청자가 되어 있었다.

부엌으로 들어갔다. 식탁 위에 결혼식 후 찾아올지 모를 손님들을 위해 갖가지 과일과 다과, 떡들이 준비되어 있었다. 정숙은 사과를 깎아 약식을 곁들여 들고 나와 탁자 위에 놓았다. 포크에 사과 조각을 꽂아 아버지에게 주고 다시 엄마 것을 주다가 벽에 시선이 갔다.

벽에 예전에는 보지 못했던 액자가 하나 걸려 있었다. 자잘한 꽃들이 수놓인 면 보자기를 표구한 거였다. 사과 포크를 받은 엄마가 정숙의 시선을 따라 벽 쪽으로 고개를 돌리다가 자랑스레 말했다.

"뭔지 알아보겠어? 네 올케가 표구점에 맡겨 저래 딴 물건처럼 만들어 놨다."

두 달 전 엄마는 뇌경색으로 병원에 입원했다. 제사를 치른

다음날이었다. 피곤하긴 했지만 다른 때와 마찬가지로 새벽에 눈을 떴는데, 이상하게 혀가 말려드는 느낌이었다고 했다. 아버지에게 밥상을 차려주고 마주 앉았는데 발음이 꼬였다.

중풍으로 고생했던 할머니를 오래 모셨던 엄마는 심상치 않다고 여기고 아버지에게 119를 불러달라고 했다. 운이 좋았다. 뇌경색을 그렇게 초기에 발견하고 적절한 치료하는 경우는 흔한 일은 아니었다. 엄마는 간단한 수술을 받은 후 사흘 입원에 후유증 없이 퇴원했다. 하지만 팔십 세를 넘긴 엄마에게는 언제든 그런 일이 있을 수 있고 운이 늘 좋지만은 않을 것이다.

입원하고 있는 사흘 동안 정숙이 병원에서 엄마와 같이 밤을 보냈다. 올케를 엄마가 불편해했고 간병인도 싫다고 해서였다. 정숙은 제사 피로가 누적돼서 생긴 일이니 제사를 더 줄여야한다고 말했지만, 사실 이미 반이나 줄인 제사였다. 원래 정숙의 집은 거의 매달 제사가 있었다.

종손인 아버지는 집안의 뿌리에 대한 긍지가 컸다. 조상을 잘 모셔야 후손이 잘 된다는 아버지의 확고한 신념은 곧 엄마와 정숙의 일거리였다. 친척들이 도와주기도 했지만 정숙은 철들기 전부터 엄마를 도와 제사 음식을 장만하며 자랐다.

제사가 반으로 준 것은 며느리를 보고 싶은 아버지의 소원 덕이었다. 엄마는 매달 제사를 치러야하는 집에 들어올 며느리는 없다며 아버지를 강하게 몰아쳤고 결국 허락을 받아냈다.

하지만 엄마는 살아있는 동안은 당신의 짐을 며느리에게 넘기지 않겠다며 올케에게는 제사 당일 날 동생과 함께 함께 오라고 했다. 그래서 제사 음식 준비는 변함없이 엄마와 정숙이 했고 그것은 정숙이 직장 때문에 타 지역으로 분가해서 나간 후에도 크게 달라지지 않았다.

엄마가 퇴원한 일주일 후, 안부가 걱정되어 갔더니 엄마는 집을 정리하고 있었다. 다시 그런 순간이 찾아오면 그때는 일어나지 못할 거라며 엄마는 자신의 손으로 마무리해 둘 거라고 했다.

장롱에서는 이미 버릴 물건들을 다 추려냈고 화초장 정리를 하려는 참이었다. 문을 여는데 엄마의 손이 허전해 보였다.

"어? 반지가 없네?"

무남독녀이던 엄마에게 외할머니가 물려준 다이아몬드 반지였다. 엄마는 외할머니의 것이라며 소중하게 여겼다. 엄마는 손가락에 남은 반지의 흔적을 보며 쓸쓸한 미소를 지었다.

"며느리한테 줬어. 살아있을 때 내 손으로 주는 게 낫지."

화초장에서는 일호 봉투, 크고 작은 종이상자, 두루마리 묶음, 보따리 같은 잡동사니들이 나왔다. 하얀 줄로 반지 흔적만 남은 손가락으로 엄마는 종이 상자를 열었다. 노란 고무줄로 동여맨 여러 개의 수첩들과 자잘한 기념품들이 들어 있었다.

생일이나 금전관계, 각종 기념일등이 적힌 수첩들은 엄마가 보낸 세월만큼 양이 많았다. 하나하나에 대한 추억을 떠올릴 때마다 엄마는 버리기를 힘들어했다. 몇 번이나 주저하다가 간신히 미련을 놓고 쓰레기봉투 안에 넣었다.

낡은 상자가 눈에 뜨였다. 열어보니 구겨지고 누렇게 색이 바랜 한지 두루마리가 있었다. 꺼내 펼쳐보니 세로로 쓰인 반듯하고 고운 붓글씨 한글체가 쓰여 있었다.

"나보기 역겨워 가실 때에는……"

읽어보던 정숙이 감탄을 했다.

"와, 엄마 문학소녀였나 봐. 김소월의 진달래꽃이잖아."

"죽으면 다 버릴 물건들이다. 내 손으로 정리해둬야 너네들도 편할 게다."

한숨을 쉬며 엄마가 귀퉁이 찢어진 누런 일호 봉투를 내밀었다.

"이 안에서 네 사진 골라서 가지고 가라."

일호 봉투 안에서 세월이 덕지덕지 묻은 사진들이 나왔다. 빛바랜 흑백사진도 있고 귀퉁이가 찢어진 것도 있었다. 정숙은 사진들 속에서 꼭지머리의 볼살 오동통한 어린 정숙과, 촌스런 체크무늬 바지를 입은 채 활짝 웃고 있는 조금 더 자란 정숙, 그 외 몇 장을 찾아냈다. 그러고 보니 남동생 없이 정숙만 부모와 같이 사진을 찍은 기억은 없었다.

젊은 엄마의 흑백사진도 있었다. 이, 삼십대 정도로 보이는 엄마의 왼쪽에 젊은 아버지가 서있었다. 공들인 흔적이 역력한 파마머리의 엄마는 수줍게 웃고 있었다.

정숙이 사진을 뒤적대는 동안 엄마는 보따리 하나를 풀었다. 그 속에는 다른 잡동사니와 함께 비단 보자기 하나가 들어있었다. 감청색 바탕에 중간에는 봉황이 수 놓였고 네 귀퉁이에는 꽃이 수 놓여 있었다. 색도 바랐고 많이 낡아 보였다. 엄마는 손바닥으로 그 수들을 쓸면서 중얼댔다.

"내가 시집오기 전에 수놓았던 건데 이것도 버려야겠지."

"버리다니, 엄마."

정숙은 펄쩍 뛰었다.

"이 수 보자기하고 엄마 글씨는 내가 가져갈게. 나도 엄마를 추억할 수 있는 물건 하나쯤 가지고 싶었어. 내 아이와 그 다음에 태어날 아이들까지 두고두고 대를 물리며 외할머니를 기억하게 해줄 거야."

엄마의 얼굴에 미소가 떠올랐다.

그날 그들은 행복했다. 정숙은 먼 길 떠날 준비를 하는 엄마를 기억할 수 있는 물건을 가지게 되어 행복했고 엄마는 수십 년 장롱 속에 처박혀 있던 것의 가치를 알아주는 정숙으로 인해 행복해 했다. 대를 물려 전해서 엄마를 기억하게 할 거라고 한 정숙 말에 엄마는 특히 더 기분 좋아했다. 올케에게 자랑도 했던 거 같았다.

며칠 후 엄마에게서 전화가 왔다.

"네가 가지고 간 보자기 돌려줘야겠다. 니 올케가 동창회에서 바자회를 하는데 그걸 전시하고 싶대."

액자 속의 보자기에서 눈을 떼지 못하는 정숙에게 엄마가 자랑스레 말했다.

"너는 저렇게 할 생각도 못했지? 저렇게 하니 정말 가치 있어 보이지 않니?"

"……"

"너, 엄마 글씨 쓴 거도 가지고 갔다면서?"

텔레비전을 보고 있던 아버지가 끼어들었다.

"그거 가지고 와라. 고향집에 가족 박물관을 만들까 싶은데 거기다 보관해야겠다. 네 동생한테 맡기면 알아서 표구 잘 해 올 거야."

일방적 통고 후 아버지는 다시 텔레비전 속으로 들어갔다. 텔레비전 안에서는 삼각관계로 오랫동안 다투던 주인공의 출생의 비밀이 드디어 밝혀지고 있었다. 그들과 함께 경악하고 분노하는 아버지를 보며 정숙은 그녀에게도 오랜 세월 감춰진 출생의 비밀 하나쯤 있어도 좋겠다 싶었다.

눈 가시

그만 먹지, 굴러다닐래?

양복을 입던 남편이 인상을 썼다. 영자 씨는 우물대던 초콜 릿을 꿀꺽 삼켰다.

조카 결혼식인데 진짜 난 안 가도 돼?

거울에게 물어봐. 왜 같이 못 가는지.

남편이 눈살을 찌푸렸다.

거울을 보는데 쾅, 현관문 닫히는 소리가 났다. 거울 속에 서 한 여인이 노려보고 있었다. 몸이 가려웠다. 벅벅 긁었다. 오돌토돌 돌기 같은 게 만져졌다.

운동하려고 등록하니 회원들 표정이 떨떠름했다. 선생이 말했다.

등록하기 쉽지 않은 강좌인데 운이 좋았네요. 빠지지 말고 열심히 다니세요.

마감된 걸 모르고 담당자가 휴가 간 사이에 다른 사람이 실수로 받은 거라 했다. 깐깐하게 생긴 남자가 중얼댔다.

안 그래도 공간이 좁아 죽겠는데 빠질수록 좋지 뭘.

제일 귀퉁이에 자리 잡았다. 여자 한 명이 들어왔다. 영자 씨 뒤에 서있던 단발머리가 말했다.

정옥 씨, 늦게 오는 바람에 당신 자리 뺏겼어.

늦게 온 여자는 영자 씨를 흘끔 보더니 비어있던 다른 자리로 갔다. 눈치를 보며 영자 씨가 말했다.

정해진 자리가 있어요? 그럼 저는 어디서 해야 하는지요…….

아무도 대답해 주는 사람은 없었다. 둘러보았지만 주인 없는 자리가 어딘지 알 수 없었다. 수업이 시작되었다. 모두 자기 동작만 열심히 했다. 엉거주춤 서있는 영자 씨에게 선생이 말했다.

오늘은 그냥 다른 사람들을 따라 하세요.

핸드폰이 울렸다. 회원들이 인상을 썼다. 벨소리가 온 몸을 찔러댔다. 영자 씨는 핸드폰을 가지고 오지 않았다. 그래도 따가웠다.

수업이 끝났다. 한 회원이 선생에게 말했다.

핸드폰을 끄지 않은 사람에게는 벌금을 받기로 해요. 수업에 너무 방해되잖아요.

그들의 눈은 영자 씨를 향하고 있었다. 온몸이 근지러웠다.

긁어보니 돌기가 더 튀어나와 있었다.

　면역력이 부족해서 그래요.
　의사는 대수롭지 않게 말했다.
　자신을 지키려면 면역력을 키워야 해요.

　남편은 돌아오지 않았다. 영자 씨는 밤새 긁었다. 눈을 뜨자마자 화장실로 갔다. 거울 앞에선 영자 씨는 온몸에서 솟아나온 돌기들을 보았다. 가시들이었다. 영자 씨 입 꼬리에서 스멀스멀 웃음이 삐져나왔다. 가시들은 바깥을 향해 뾰족한 끝을 사납게 세워놓고 있었다.

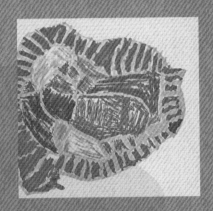

2부

그녀의 불 · 길 없는 길 · 내 몸 사용 안내서
너 떠난 길에 벚꽃 잎 분분하고
우리 집에 왜 왔니 · 시간이 멈춘 자리
그대에게 · 스키 타는 여자
더불어 홀로 살아내기

그녀의 불

펑!

무언가 터지는 소리가 들렸다. 그녀는 숨을 죽였다. 다시 소리가 났다. 펑, 가슴속이었다. 타는 냄새가 났다. 그녀는 손을 들었다. 양쪽 손가락 끝에서 연기가 새어나오고 있었다. 손가락들을 부챗살처럼 활짝 폈다. 연기는 이윽고 파란 불꽃이 되었다. 파란 불꽃은 노란색이 되었다가 주황색이다가 빨갛게 색을 바꾸어갔다.

참 곱다. 꽃송이 같은 불꽃들을 보며 그녀는 감탄했다.

창 앞에 서서 두 손을 높이 치켜들었다. 창에 비친 자신을 보며 그녀는 생각했다.

마치 횃불을 든 자유의 여신상 같잖아.

자유, 얼마나 아름다운 말인가.

팔까지 번져 불덩이가 점점 커져갔다. 팔이 다 타버리면 조금은 불편하겠군. 하지만 그만큼 가벼워지겠지. 그녀는 긍정

적으로 생각하기로 했다.

사실 정말 무거운 건 팔이 아니라 여기인데. 그녀는 불덩어리가 된 두 팔로 가슴을 잡았다. 한 겹 씌운 가죽뿐인데 철갑만큼 무겁고 갑갑했다.

가슴에도 불이 붙었다. 그녀는 불붙은 가슴을 내려다보았다. 지지직 지방이 녹아내리는 소리가 들렸다. 한 겹 가죽만은 아니었구나. 그동안 이런 기름덩이를 두르고 있었구나.

그녀의 머리카락도 불이 옮겨 타기 시작했다. 화르륵, 머리카락은 순식간에 타버렸다.

다음은 머리 차례군. 아아, 이제는 더 이상 생각하지 않아도 되겠군. 아무 것도 생각하지 않아도 된다는 건 얼마나 행복한 일인가.

벨을 누르던 관리인은 화들짝 놀랐다. 불덩이처럼 뜨거웠다. 얼른 벨에서 손을 떼고 대신, 문을 두드리려다가 비명을 질렀다. 손이 철문에 쩍 붙어버린 것이다. 황급히 떼어냈지만 이미 오른손의 거죽은 문에 붙어버렸고 속살은 깊은 화상을 입은 뒤였다.

관리인의 신고를 받은 소방대원이 그녀의 오피스텔로 왔다. 소방대원은 문에 물부터 뿌렸다.

문에 닿은 물은 순식간에 하얀 수증기가 되어 오피스텔 복도를 가득 채웠다. 문을 따고 들어갔던 소방관들은 어리둥절했다.

창문 밖에서 분명히 불꽃을 보고 달려 올라왔던 관리인도 어리둥절했다. 그녀의 집은 다른 오피스텔과 다른 것이 없었다.

똑같이 배치된 가구들, 벽에 걸린 달력, 탁자 위의 휴지……. 다른 것은 후끈한 열기였다. 열기는 관리인의 화상 입은 손을 더욱 고통스럽게 만들었다.

관리인은 창문을 열었다. 창가에 한 움큼의 재가 있었다. 그러나 재는 창문이 열리기를 기다리기라도 한 듯 순식간에 창밖으로 날아가 버렸다.

그녀는 없었다.

그리고 그 날 이후 아무도 그녀를 본 사람은 없었다.

* 세계에는 인간 스스로 발화하여 오직 인간만 타는 '인체 자연발화 현상'이 보고되고 있다. 대한민국은 스스로 제 속을 태워버리는 '화병'이라는 병명을 세계에 보고하고 있다.

길 없는 길

버스에서 아마 잘못 내린 모양이었다.

"고모, 주위에 보이는 큰 건물을 말씀해주세요."

전화기 너머로 들리는 조카아이의 목소리가 밝다. 주위에 보이는 건물을 이야기하니 조카가 대답했다.

"아, 우리 집에서 멀지 않아요. 그곳에서 큰길 따라 똑바로 내려오면 되는데 또 길이 엇갈릴지 모르니 기다리고 계세요. 제가 나갈게요."

"길만 따라 가면 된다면 나도 슬슬 내려가마. 그러면 중간 쯤에서 만나겠지."

대략 십오 분 정도 걸릴 거라고 했다. 그런데 내려가면서 계속 주위를 살펴보았음에도 조카와는 마주치지가 않았다. 거의 십 분이 지나자 엇갈린 건가 불안한 생각이 들었다. 주위를 두리번대던 그때, 길 건너편에서 호리호리한 체격의 미소년이 서있는 것이 보였다. 조카였다.

조카는 발을 멈추고 서서 하늘을 올려다보고 있었다. 연희는 조카의 시선을 좇아가보았다. 조카의 시선이 머문 곳에는 높은 고가도로의 교각공사가 한창이었다. 산허리를 다 깎아 도로를 만들고 산 높이만큼 높은 다리를 세워 진입도로 구간을 만들고 있는 것 같았다.

기둥은 모두 세워져 다리 모양은 거의 잡혀져 있었는데 조카의 시선은 기둥과 기둥 사이 아직 상판이 놓이지 않은 곳으로 가 있었다.

왜 저것을 저렇게 넋이 빠져서 보고 있지? 왠지 기분이 좋지 않았다. 조카를 불렀다. 그러나 조카는 연희의 목소리가 들리지 않는지 이가 빠진 다리에서 눈을 떼지 못하고 있었다.

재차 부르자 그제야 조카가 고개를 돌렸다. 길을 건너 연희에게로 온 조카는 씨익 웃었다.

"아, 고모가 저보다 훨씬 빨랐네요."

"무얼 그렇게 보는 거니?"

"끊어진 다리요."

"끊어진 게 아니라 아직 이어지지 않은 다리이지."

연희는 그 말을 고쳐주었다. 왠지 그래야할 거 같았다.

"그렇군요."

조카는 천진하게 웃었다.

"저렇게 높이 세울 수 있다는 게 신기하지 않아요? 마치 하늘하고 연결시켜주는 거 같잖아요."

그 말에 다시 보아도 연희의 눈에 비친 것은 공사 중인 삭막한 시멘트 구조물이었을 뿐이었다. 책을 좋아하고 비현실적일 만큼 착하고 고운 성품의 조카는 어떤 다리를 보고 있었을까.

한 달 후 새벽에 전화벨이 울렸다. 전화 속에서 여동생은 우느라 말을 제대로 잇지 못하고 있었다.

"언니, 어쩌면 좋아. 조카가 죽었대."

황급히 조카의 집으로 찾아가던 연희는 다리의 상판이 놓인 것을 보았다. 연희는 발을 멈추고 그때 조카가 그랬듯이 하늘과 연결된 다리를 고개 젖혀 오랫동안 올려다보았다.

내 몸 사용 안내서

눈을 떴다. 두꺼운 암막커튼이 창을 막고 있는 방안은 캄캄하였다. 기다린 듯 절망이 멱살을 잡고 흔들었다. 이대로 영원히 깨어나지 않으면 얼마나 좋을까.

애라는 얼른 눈을 감았다. 억지로 잠을 청할수록 정신은 점점 더 말똥해지고 대신 뱃속이 아우성을 쳤다. 쪼르륵 소리와 함께 미칠 듯한 허기가 찾아왔다. 몰아치는 허기에 떠밀려 애라는 몸을 일으켰다.

문을 열자 해거름의 빛이 눈을 찌르고 들어왔다. 눈이 빛에 적응할 때까지 눈살을 찌푸리며 잠시 서 있다가 발을 뗐다. 다리가 후들댔다. 방에서 열세 평 원룸의 부엌까지 가는 길이 멀고도 멀었다.

냉장고 문을 열자 퀴퀴하고 시큼한 냄새가 먼저 코를 찔렀다. 냉장고 선반위에는 김치통 하나가 동그마니 올려 있었다. 정체가 기억나지 않는 검은 봉지에서는 진득한 액체가 흘러

나와 있었다. 포켓에 꽂혀있는 우유는 종이 팩이 잔뜩 부풀어 올라 금방이라도 터질 듯 했다. 토악질이 나올 거 같아 얼른 문을 닫았다. 냉장고 안에 무언가를 사 넣어본 적이 일 년은 더 된 듯 까마득했다.

싱크대 안에 현우가 사주고 간 라면봉지가 아직 서너 개 남아 있었다. 가스 불에 올린 냄비의 물이 끓자 라면 두 개를 넣었다. 뱃속이 마구 할퀴어대어 라면이 다 익기를 기다릴 수가 없었다.

애라는 냄비를 들어내어 선 채로 덜 익은 라면을 미친 듯이 흡입하기 시작했다. 냄비가 바닥이 보이기 시작하자 갑자기 토악질이 올라왔다. 애라는 황급히 화장실로 가서 변기뚜껑을 열고 게워냈다.

위산이 식도를 태우며 올라왔다. 목구멍이 홧홧했고 쓰라렸다. 눈물범벅이 되어 애라는 화장실 바닥에 널브러져 앉았다.

일어나! 현우의 목소리가 뒤통수를 쳤다. 현우는 말했다.

"돈을 도둑맞은 거와 같은 거야. 힘들긴 하겠지만 극복 할 수 있어. 네가 잘못한 건 아무것도 없어."

"돈을 도둑맞는 게 나아. 난, 나를 도둑맞았어."

"영혼을 도둑맞은 건 아니잖아. 그 때문에 너를 파괴하는 건 바보짓이야."

애라는 흐느꼈고 현우는 따뜻하게 달래주었다.

화장실 문 밖으로 세탁기가 보였다. 며칠째 돌리지 못한 세

탁물들이 바구니를 넘쳐 바닥에 흘러 있었다. 그 속에 빨간 체크 치마가 보였다. 현우가 만남 일 주년 기념으로 사주었던 치마였다. 경찰은 그 치마를 보며 눈살을 찌푸렸다.

"그러게 왜 그리 짧은 치마를 입고 다녔어요. 그것도 밤늦게."

그 말에 굳어버린 에라를 달래듯 경찰은 덧붙였다.

"요즘 미친놈들이 얼마나 많은데 젊은 아가씨가 세상 무서운 줄도 모르고. 낮에 다녔으면 그런 봉변당하지 않았을 텐데 싶어 딱해서 하는 말이오."

경찰의 눈에 비친 애라는 피해자인 동시에 또 다른 의미의 가해자였다. 그런 일을 당하도록 성폭행범을 자극한 잠재적 죄인이었다.

그가 적는 조서는 포르노물이 되어가고 있었다. 그는 범인이 어떤 식으로 애라를 범했는지 꼬치꼬치 물었다. 구체적인 성행위의 자세를 넘어 범인의 성기 모양까지 물었을 때는 합법적인 성폭행을 당하고 있는 거 같았다.

약물을 먹어 의식이 없었다고 해도 소용없었다. 집요하게 물고 들어오는 경찰에게 애라는 고문당하러 온 게 아니라 피해 신고하러 온 거라고 소리쳤다. 애라의 분노에 담당이 여형사로 바뀌었다.

조사실 밖에서 기다리던 현우가 참담하게 일그러져 있었을 애라의 얼굴을 살폈다. 힘들었을 거라며 현우는 애라 어깨를 가만히 감싸 안아주었다.

"네 잘못이 아니야. 얼마든지 당당해져도 돼!"

현우가 아니었으면 애라는 경찰서까지 찾아올 용기도 내지 못했을 것이다. 하지만 언제까지, 얼마만큼 견뎌내 줄까?

애라를 집으로 데려다 준 현우에게 당분간 혼자 둬달라고 말했다. 현우의 얼굴이 굳어졌다. 애라는 억지로 미소를 만들어 보여주었다.

"걱정 마, 죽을 생각은 없으니까. 내가 왜 그러겠어? 다만 시간이 필요할 뿐이야. 일주일만 혼자 있을게."

현우가 어깨를 당겨 이마에 입술을 대었다.

"내가 널 사랑하고 있다는 걸 잊지 마. 네게 어떤 일이 일어나도 그 사실은 변하지 않을 거야."

즉석 밥이나 과일, 라면 같은 것들을 사서 들려준 현우가 현관문을 나가자마자 애라는 즉시 화장실로 달려갔다. 샤워기를 최대로 틀어 물을 맞으며 옷을 훌훌 벗었다.

때수건으로 온몸을 박박 밀고 또 밀었다. 살갗이 헐어 피가 맺혔지만 다음날도 그 다음날도 틈만 나면 씻었다. 아무것도 먹지 않다가 미친 듯이 먹었다. 먹는 자신이 혐오스러워 토악질이 나 게워내기도 했다. 깨어있고 싶지 않아 온종일 잤다.

배터리가 다 되어가던 휴대폰은 현우의 전화를 두 번 받고 안부 묻는 문자를 세 번 받은 것을 끝으로 깊은 잠 속으로 들어갔다.

변기 레버를 돌렸다. 토사물들이 물과 함께 쓸려 내려갔다. 애라는 휘적대며 일어섰다. 몸이 천근처럼 무거웠다. 현우에게 약속한 일주일은 이미 한참 지났다. 하지만 애라는 더 가라앉고 있었다.

－ 이제 그만하지.

또 다른 애라가 말했다.

－ 상처를 받은 사람은 너만이 아니야. 현우가 언제까지 네 청승을 받아줄 거라고 생각해?

－ 난 죽을 만큼 괴로워.

애라가 항의했다.

－ 현우도 고통을 견뎌내고 있어. 널 사랑하는 죄로. 상처의 무게는 절대적인 것이 아니야. 받아들이는 각자마다 달라지는 상대적인 것이라고. 아프다 말할 수 없는 현우의 상처는 바로 네가 만든 거고.

－ 내가 아니라 그놈이 만든 거야.

애라는 얼른 말을 고쳐주었다.

휴대폰도 꺼져 연락이 되지 않는데 현우가 한 번도 찾아오지도 않았다는 생각이 문득 머리를 스쳐지나갔다. 애라는 황급히 휴대폰을 찾았다. 액정이 꺼멓게 죽어있는 휴대폰을 얼른 충전기에 꽂았다.

살아난 휴대폰에는 현우의 새로운 메시지가 들어와 있지 않았다. 현우에게 전화를 했다. 신호는 가는데 받지 않았다.

애라는 미칠 듯한 심정이 되어 쉬지 않고 전화를 했고 문자를 보냈다.

마침내 수화기 너머 현우의 목소리가 들렸다.

"왜, 전화를 받지 않았……"

애라 말이 끝나기 전 그가 괴롭게 말했다.

"미안해."

애라에게는 당당해라 했던 현우가 더없이 풀이 죽어있었다.

"왜 그래, 너까지 이러면 안 돼! 날 사랑한다고 했잖아!"

애라는 비명을 질렀다. 그가 잠긴 목소리로 말했다.

"감당해 낼 자신이 없어졌어. 미안해."

흐느낌 소리와 함께 현우는 전화를 끊어버렸다. 다시 전화를 했지만 현우는 받지 않고 전화기가 꺼져 있다는 멘트만 흘러나왔다. 애라는 휴대폰이 으스러져라 움켜잡았다. 배반감에 온몸이 떨려왔다.

한참동안 웅크리고 있던 애라는 고개를 들었다. 이를 악물었다. 무너지지 않겠다. 보란 듯이 일어서 당당하게 현우를 만나고 세상과 정면으로 맞서리라. 영혼까지 버릴 수는 없었다. 그건 너무 억울했다. 현우는 애라가 아무에게도 의지하지 않고 스스로 일어설 기회를 준 것이다. 애라는 힘을 내어 몸을 일으켰다.

손에 들린 휴대폰에 친구의 메시지가 여러 개 들어와 있던 것이 그때야 보였다. 한때는 친하게 지냈지만 근래는 연락을 주고받은 지 꽤 오래된 친구였다.

'망설이다 보낸다. 네가 알고는 있어야 할 거 같아서.'

친구는 한 사이트를 링크 걸어 두고 있었다.

음란물 사이트였다. 이런 곳을 기웃대는 남자들을 누구보다 경멸했던 걸로 기억되는 친구였다. 느낌이 좋지 않았다. 비밀의 상자를 앞에 둔 판도라처럼 심장이 쿵쿵 뛰었다. 이 문을 여는 순간 돌이킬 수없는 실수가 될 거 같은 불길한 예감이 들었다. 하지만 호기심을 이기지 못한 판도라처럼 애라 손가락은 사이트를 클릭하고 있었다.

모텔로 보이는 방이었다. 침대위에 한 여자가 누워있고 한 남자가 여자를 유린하고 있었다. 남자는 완전히 몸을 맡긴 여자를 마음껏 농락하며 낄낄대고 있었다. 카메라를 든 남자의 얼굴은 보이지 않았지만, 여자의 몸은 민망할 정도로 샅샅이 비쳐졌다. 카메라가 여자의 얼굴을 비추는 순간 애라는 비명을 질렀다.

아아악~

애라였다. 약에 취해 몽롱하게 기억났던 장면들이 바로 눈앞에서 펼쳐지고 있었다. 남자는 애라의 몸 사용하는 법을 몸으로 설명하고 있었다. 누구나 애라를 사용할 수 있는 구체적이고 감각적인 안내서였다.

화면 속에 갇혀버린 애라는 남자의 안내에 따라 언제든지 수많은 모르는 사람들, 어쩌면 잘 아는 사람들에게도 불려갈 수 있었다.

애라는 패닉상태가 되어 귀를 틀어막았다. 그러자 헐떡이는 남자의 목소리가 애라 속 깊이 들어가 심장, 폐, 위장, 십이지장, 큰창자 작은창자를 휘젓고 돌다가 두개골 속까지 파고들어 갔다.

그리고,

저 깊은 곳에서 영혼이 부서지는 소리가 들려오기 시작했다.

너 떠난 길에 벚꽃 잎 분분하고

후드득 쏟아지는 벚꽃 이파리에 여인은 비명을 지르며 주저 앉고 말았다.

벚나무가 있는 줄 알았으면 여인은 이 길을 오지 않았을 것이다.

"괜찮으세요?"

한 청년이 걱정스런 눈으로 들여다보고 있었다. 청년은 팔을 잡았다.

"일어나실 수 있겠어요?"

따뜻한 체온이 청년의 손바닥을 통해 살갗에 닿자 그것이 신호인 것처럼 여인은 울음을 터트렸다. 청년은 당황해서 어쩔 줄 몰라 했다.

"죄송합니다. 놀라셨나요. 도와 드리고 싶었어요."

여인은 흐느꼈다.

"벚꽃 잎을 내게서 떼 줘요. 너무 아파요. 아파서 미칠 것 같아요."

　여인은 너를 낳았고 키웠다. 벚꽃이 떨어지던 날 너는 떠났고, 그날부터 너를 떠올리게 하는 모든 것들이 고통이 되고 말았다.

　못다 누린 네 삶은 바위가 되어 여인의 어깨를 짓누르고 네가 남긴 웃음은 비수처럼 심장에 박혔고 너의 불평은 쇠사슬이 되어 온몸을 옭아맸다. 대신 여인은 웃음을 잃어버렸고 말이 묶여버렸다.

　가게에서 두 팔이 무겁도록 사들고 들어온 것들을 냉장고 안에 넣는다. 콜라, 콜라, 콜라, 그리고 또 콜라…… 아이스크림, 아이스크림, 아이스크림, 그리고 또 아이스크림.

　그러나 활활 타오르는 가슴 속 불을 꺼트릴 수 있는 것은 없다. 온종일 얼음과 물을 밀어 넣은 속은 여전히 타고 또 타들어가기만 한다.

　창밖에 또 벚꽃이 떨어진다.

　보고 있니?

　너는?

우리 집에 왜 왔니

저녁밥 먹고 난 아이들이 하나둘 골목으로 모여들었다. 전신주에 매달린 희미한 가로등 불 아래가 아이들이 모여드는 아지트였다. 모여든 아이들 숫자에 따라 그날의 놀이가 정해졌다. 술래잡기, 숨바꼭질, 사방치기, 수박장수…….

놀이는 무궁무진했다. 남자아이들은 이병이라는 전쟁놀이를 즐겨했다. 군사 수가 적으면 여자애들도 끼워주었는데 여자애들은 연탄재를 모아주거나 진지를 지키는 임무가 부여됐다. 각자 정해둔 몇 개의 진지가 있어서 그곳을 다 뺏으면 이기는 것이었다.

맨 손으로 밀고 당기는 전쟁이지만 유일하게 연탄재는 허용이 되었다. 비록 연탄재이지만 무기까지 동원되면 전쟁은 더욱 실감났다. 거친 놀이여서 다치는 아이도 많았다. 안 잡히려고 도망치다가 무르팍이 까지는 것은 예사였고 옷이 뜯기거나 연탄재에 맞아 코피를 터트리기도 했다.

그러나 남자애들이 여자애들을 공격하는 것은 수치스럽게 생각하여 만일 그런 일이 생기면 자기 편 남의 편 할 것 없이 그 아이를 비난했다. 그래서 여자애가 다칠 일은 많지 않았다. 이병놀이가 끝나면 골목은 연탄재로 지저분했고 아이들은 골목보다 더 지저분해졌다. 어른들은 아이들이 이병놀이 하는 것을 싫어했다.

어린아이들과 여자 애들이 많아서 '우리 집에 왜 왔니'를 하기로 했다. 두 편을 정해 편이 된 아이들끼리 손을 잡고 서로 마주보고 노래를 부르며 앞으로 왔다가 뒤로 갔다하면서 상대편 아이들을 많이 빼오는 놀이였다.

우리 집에 왜 왔니 왜 왔니.
꽃 찾으러 왔단다, 왔단다, 왔단다.
무슨 꽃을 찾겠니. 찾겠니. 찾겠니.
○○꽃을 찾겠다, 찾겠다, 찾겠다.

리더 격인 아이가 나서 가위 바위 보를 해서 지목된 아이를 데리고 오든지 자기 편을 도리어 빼앗기든지 했다. 그렇게 해서 사람 수가 적어진 팀이 지는 것이다.

아이들은 연방 까르르 웃음을 터트리며 신나게 놀고 있었다. 그때 검은 것이 별안간 눈앞을 스쳐지나갔다. 박쥐였다. 엄마야! 아이들이 비명을 질렀다 한 마리가 아니었다. 아이들

수만큼 되는 박쥐 떼였다.

"박쥐는 사람의 피를 빨아먹는대!"

누군가 겁에 질려 소리쳤다. 소년잡지에서 흡혈박쥐에 대한 글을 읽은 적 있었다. 정미도 아는 척 맞장구 쳤다.

"맞아. 나도 봤어."

아이들은 혼비백산 하여 숨을 곳을 찾아 우왕좌왕했다. 나이 어린 아이는 너무 무서워 달아날 생각도 하지 못하고 주저앉아 울음보를 터트렸다. 도망치던 정미는 누군가와 부딪쳤다.

"이놈 와 기러는 거이가."

골목 입구에 있는 구둣방에서 아저씨가 나와 정미 앞에 서 있었다. 한국전쟁 때 이북에서 피난 내려왔다는 아저씨는 강한 이북 사투리를 쓰고 있었다. 아이들이 이병놀이 하는 것을 제일 싫어하는 어른 중 한 명이었다. 이병놀이 하느라 연탄재가 구둣방을 덮치면 뛰쳐나와서

'이 거지발싸개 같은 간나이들, 전쟁은 놀이가 아니라마!'라며 호통을 치곤했다. 아저씨를 보니 정미는 마음이 든든해졌다.

"박쥐가 우리 피를 빨아 먹으러 왔어요."

고자질하듯 손가락으로 뒤를 가리키며 돌아보니 어느새 박쥐들은 사라지고 없었다. 아저씨가 껄껄 웃었다

"무시기? 그래서 이 새도래이 떨고 있간? 네놈들보다 박쥐가 더 놀랐겠다. 박쥐는 사람 피를 빨아먹지 않아야."

"아뇨 책에서 봤어요. 사진도 있었는 걸요. 이빨이 이렇게

무섭게 나서……"

정미는 두 검지를 치켜세워 송곳니에 대었다.

"상구 그런 박쥐도 있겠지야. 대부분 박쥐는 그렇지 않아야. 사람도 나쁜 사람이 있는 거와 같다고 생각하라마."

"그럼 이 밤에 저 박쥐들이 왜 나왔어요?"

"너희들이 저녁을 먹었듯 박쥐들도 속이 클클해개지구 나온 거이야. 원래 밤에 일하거든. 데세마니 가로등에 나방이 많으까네 그거 먹으러 나왔을 기야. 이 보라마, 밤새 일하는 나도 박쥐 아니간. 기러이 나 나쁜 사람이디?"

정미는 아니라고 고개를 마구 저었다.

구둣방 아저씨는 정말 박쥐처럼 일했다. 낮에 주문받은 구두를 만드느라 수시로 밤을 새웠다. 일을 끝내고 아저씨가 뒤늦게 잠이 들면 아줌마가 가게를 지켰다.

이남에는 친척이 없어 아버지를 아우로 생각한다며 정미 자매들에게도 각별했다. 아저씨 집에는 아들만 둘이 있었는데 큰 아들은 서울에서 대학교를 다녔고 작은 아들은 정미 오빠보다 한 학년 높은 초등학교 6학년이었다. 친척도 없지만 딸이 없는 게 더 쓸쓸하다면서 귀여워했다. 아직 학교 입학하지 않은 막내 여동생을 아버지에게 반 농담 삼아 자기 딸로 달라고 하기도 했다.

설날이 되면 구둣방에 세배를 하러 오라고도 했다. 정미는 세뱃돈 받을 곳이 생겼다는 것보다 남아선호가 판치던 시절에 여자애가 대접 받을 수 있는 유일한 곳이라 신나서 달려갔다. 구둣방 아저씨는 자신의 집에서 여자애들 목소리가 나는 것이 좋다며 세뱃돈을 두둑하게 주었고 아줌마는 맛있는 강정과 과일을 내놓았다.

구둣방은 골목에서 유일한 이층집이었고 정미가 아는 가장 부잣집이었다. 빈 몸으로 피난 내려와 돈 되는 일이라면 안 해본 거 없이 다 하다가 구둣방 일을 배웠다고 했다. 뒤에 텃밭도 가꾸었는데 늘 보면 내외 모두 밤낮없이 일을 하고 있었다.

겨울방학이었다. 아침 밥상에 식구들이 둘러 앉아 있는데 누군가 집 대문을 마구 두드렸다. 대문을 열러나갔던 엄마가 새파랗게 질린 얼굴로 뛰어 들어왔다.

"큰일 났어요. 구둣방이 연탄가스를 마셨대요."

정미 자매들은 밥 먹다 말고 우르르 마루로 달려 나갔다. 서울에 있다는 구둣방 큰아들이 파랗게 질린 얼굴로 마당에 서있었다. 아버지가 황급히 겉옷을 꿰고 구둣방 큰아들 뒤를 따라 뛰어나갔다. 아버지가 갔을 때는 이미 두 사람은 모두 숨진 뒤였다고 한다.

이층 건물인 구둣방은 아래에 점포가 있고 점포에 작은 방이 딸려있었다. 살림집은 이층에 있었고 방이 두 개 있었다. 그런데 그날 내외는 점포에 딸린 방에서 잤다고 했다.

새벽녘에 이층에서 자던 큰아들이 잠에서 깨어났다. 이상한 소리를 들은 듯해서 아래층으로 내려왔다고 한다. 방문이 반쯤 열려 있어서 갸웃이 들여다보았다. 아저씨는 방 안쪽에 누워 있었고 아줌마는 방문 쪽에 있었다. 늘 밤을 새우던 아저씨가 그날 밤은 겨울잠을 자는 박쥐처럼 꼼짝하지 않고 잠들어 있었다.

열린 방문을 향해 누운 아줌마는 이불까지 다 차 던진 상태였다고 한다. 큰 아들은 이불을 덮어주고 방문까지 닫아주고 나왔다. 잠결에 부모님의 신음소리를 듣고 깨어났었던 것을 나중에야 깨닫고 큰아들은 가슴을 쥐어뜯으면서 울었다.

게다가 아저씨는 몰라도 아줌마는 분명히 살아 있었다고, 자기가 이불을 덮어줄 때 움직이는 걸 보았다고, 의식을 잃어버리기 전에 마지막 힘을 다해 문을 열었을 텐데 자기가 도리어 닫아주고 나왔으니 자기가 죽인 거라고 통곡했다.

큰아들을 더욱 죄책감에서 헤어나기 어렵게 한 것은 자신 때문에 그런 일을 당했다는 사실 때문이었다. 이층에서 형제 둘이 쓰던 방은 큰아들이 서울로 가면서 동생 혼자 쓰고 있었다. 방이 그다지 크지 않은데다 동생이 덩치도 커지고 물건도 늘어나 형제가 같이 자기에는 비좁았다.

부모님은 오래간만에 온 큰아들이 편히 자라고 안방을 비워주었다. 그리고 그동안 쓰지 않던 가게 옆방에 그날 처음 연탄을 넣은 것이다. 결국 부모님을 죽인 사람은 자기라며 큰아들은 피를 토하듯 통곡했다.

도와줄 친척도 없으므로 모든 장례 절차는 정미 아버지가 나서서 무사히 치렀다. 그나마 큰아들이 어지간히 자라 다행이라고 아버지는 말했지만, 문이 닫힌 구둣방을 보면 구둣방 아저씨의 억센 이북 사투리가 생각나 정미는 울적했다.

봄이 되자 큰아들이 정미 아버지에게 하직인사를 하러왔다. 동생도 데리고 서울을 갈 거라고 하였다. 여름방학이 되어도 큰아들은 내려오지 않았고 구둣방 문은 여전히 닫혀있었다.

아이들은 저녁밥을 먹으면 희미한 가로등불빛 아래에 변함없이 모여 '우리 집에 왜 왔니'를 하였고 이병놀이를 하였다. 불 꺼진 구둣방에 연탄재가 던져져도 '이 거지발싸개 같은 간나이들아, 전쟁은 놀이가 아니라마!'라던 아저씨의 호통 소리는 들을 수 없었다. 박쥐도 찾아오지 않았다. 대신 가로등에는 나방들이 극성이었다.

시간이 멈춘 자리

사진 속의 아내는 환하게 웃고 있다. 아내의 어깨를 감싸 안은 춘석의 얼굴에도 빙그레 웃음이 물려있다. 아내의 앞에는 아들이 앉아있다. 아내는 그 아들을 두 손으로 감싸 안았다. 초등학교 입학한 뒤였을 것이다.

그들의 등 뒤에 몇 개의 놀이기구가 보인다. 회전목마, 귀퉁이에 살짝 보이는 것은 범퍼카일 것이다. 그리고 몇 사람들이 그 사진 속에 같이 담겨있다. 그들도 춘석 가족들만큼 표정이 환하다.

춘석은 아들도 웃을 줄 안다는 것을 그 사진을 보며 깨닫는다. 아들은 온 몸을 아내에게 기대어있다.

"다 큰 녀석을 왜 그리 끼고 살아."

춘석의 지청구가 그 사진 속에서 들려온다. 그럴 때면 아내는 아들을 더 끌어안아주었다. 아내가 떠나던 그날도 아내의 품속에는 아들이 있었다. 그리고 아들의 시간은 그날로 멈춰

버렸다.

아무리 애를 써도 아들은 엄마와 했던 그 마지막 시간에서 나오고 싶어 하지 않았다. 아들은 '싫어요'라는 단어는 알지 못했다. 그래서 꼬박꼬박 밥을 먹었고 꼬박꼬박 똥을 누었고 꼬박꼬박 자고 꼬박꼬박 학교를 갔고 꼬박꼬박 집으로 왔다. 모든 시험지 답은 1번으로 통일시켜 빈칸을 남겨둔 적이 없었으므로 영점을 받아온 적은 한 번도 없었다.

고등학교를 졸업 후 얼마 있지 않아 입대 영장이 나왔고 아들은 입대 했다. 훈련소로 들어가는 아들의 뒷모습을 걱정과 안도 두 마음으로 안 보일 때까지 지켜보았다. 돌아봐도 좋다는 말을 아무도 해주지 않았으므로 아들은 한 번도 돌아보지 않았다.

얼마 있지 않아 부대에서 전화가 왔다. 정상적 군 생활이 불가능하니 데리고 가라고 했다.

몇 달을 집에 있었다. 더 다닐 학교도 없었으므로 아들은 갈 곳이 없었다. 그러나 군은 면제가 되지 않았다. 다행하게도 말이다. 공익근무가 결정된 아들의 근무처는 구청이다. '싫어요'를 말하지 않는 아들은 제시간이면 집을 나서고 제시간이면 집으로 온다.

사진 속의 아들은 장난치고 싶어 죽겠다는 표정이다. 이 사진을 찍자마자 장난감 로봇을 사달라고 했던 것 같다. 춘석은 거절했을 것이다. 그래서 아들은 화를 냈을 것이고 어디론가 사라져 한동안 놀이동산을 찾아 헤맸던 기억이 생생하다.

아들은 웃을 줄도 알았고 싫다고 말할 줄 알았고 화낼 줄도 알았다는 것을 새삼 깨닫는다. 아내는 그날 아들을 찾아 온 놀이동산을 다 헤매 다니며 눈물범벅이 되었다.

"워매, 이눔이 워디 갔당께. 시방 사람 애간장 다 타부린당께."

아내는 사투리가 촌스럽다고 서울사람들이 놀린다며 고치려 무던히 애를 썼다. 그러나 급하면 여지없이 튀어나왔다. 그러다 오르락내리락하는 청룡열차를 넋 빠진 듯 보고 서있는 아들을 찾아내고는 등짝을 마구 때렸다.

"이눔 새끼야, 워데 가믄 간다고 캐야 될 거 아닌개벼. 니 에미 속 타 죽어뿐지는 꼴 봐야 정신 채릴랑가?"

아내는 정말 속이 타서 죽은 것처럼 조용히 가버렸다. 그러나 어디 가는지는 아무에게도 말해주지 않았다. 사진 속에서 춘석은 웃고 있다. 나도 저런 표정을 만들 수 있었구나.

춘석은 사진 속의 춘석을 흉내 내본다. 사용해 본 지 오래된 근육을 움직이는 것은 힘이 든다. 그러나 된다. 춘석은 조금씩 더 크게 입을 벌려 본다. 커다랗게 벌려진 입에 소리도 담아본다.

하하하

사진 속에서 아내도 같이 웃는다. 호호호.

아들도 웃는다. 깔깔깔

그대에게

눈이 옵니다.

홀로 술을 마십니다.

누군가와 같이 나누고 싶은 술잔, 그러나 부를 사람이 없습니다. 불렀다가 받을 거절이 두려워 나는 홀로 술을 마십니다.

눈은 삭막한 콘크리트 벽들에 부딪혀 부서져 버립니다.

내 마음처럼 말입니다.

그대는 지금도 당신이 원한 모든 것들과 함께 있겠지요.

나는 아무 것도 가진 적이 없습니다.

나의 부모는 내게 아무것도 주지 않았고 모든 것을 요구하였습니다. 나는 모두 주었고 아무 것도 받지 못했습니다. 형제들도 늘 발톱을 세우고 있었으므로 빼앗든지 알아서 포기해야 했습니다. 이제 나의 손에는 오직 술잔 하나 밖에 남지 않았습니다.

내 삶은 오랫동안 가슴속에서 날뛰는 야생 늑대와의 투쟁이었습니다. 늑대는 굴복했습니다. 복종했습니다. 길이 들어갔습니다. 이제 늑대는 아무리 불러도 웅크리고 있을 뿐 나오려 하지 않습니다.

당신이 가진 많은 것들이 부럽습니다. 당신이 그립습니다.

사랑했습니다. 그러나 당신은……

한 여인이 투신자살을 했다. 훌륭한 부모와 가정을 가졌고 모두가 원하는 직장에서 승승장구를 하던 미모의 여인이었다. 고등학교 삼학년 때 최상위권이던 여인과 바닥을 헤매던 나를 선생님은 짝으로 앉게 하였다.

나는 수업시간이면 자고, 쉬는 시간이면 깨어났다. 학교에서 실컷 잤으므로 밤이면 자유로웠다. 여인은 일류대학을 가고 나는 원서만 내면 받아주는 대학에 들어갔다.

동창회 때 가끔 먼발치에서 그녀를 보았다. 그녀의 주위에는 사람들이 모여 있었고 그녀가 하는 말은 그대로 법이 되었다. 그 안에 내가 낄 자리는 없었다. 나는 새로운 질서를 만들어 내기로 했다. 나의 질서는 무질서였다.

어느 날 여인이 찾아왔다. 내가 깨어나는 어둠의 시간이었다. 여인은 말라빠진 빵과 노트북이 나둥그러진 침대 위, 양말이 걸쳐진 식탁, 소파 위의 읽다 만 책들, 싱크대 안에 담배꽁초가 수북이 쌓여있는 집을 훑어보았다.

나는 마룻바닥에 흩어진 휴지와 쓰레기를 헤쳐, 마시다 만 소주병을 찾아 잔을 채워주었다. 내가 해줄 수 있는 최고의 접대였다. 그녀는 소주잔에 붙어 죽은 하루살이를 한참 보더니 단숨에 마셨다. 그리고 도도하고 당당하게 가 버렸다.

그날 왜 찾아왔는지는 모른다. 이제는 물어볼 수도 없다. 내가 아는 것은 그 여인이 언제나 나를 경멸했다는 것뿐이다.

늘 최고의 자리에만 있던 그녀가 마지막으로 택한 자리 역시 일대에서는 최고로 높은 건물이었다. 그곳에서 그녀는 바닥으로 추락했다. 유서는 없었다. 다만 그녀의 컴퓨터에는 누구에게 보내려고 한 건지 알 수 없는 쓰다만 편지가 남아 있었다고 한다.

스키 타는 여자

체어리프트를 타면 새가 된 것 같다. 리프트가 흔들릴 때마다 스키를 매단 발이 건들댄다. 발아래 설원이 펼쳐진다. 바람을 가르며 내려가는 사람들이 눈 아래에 있다. 폴을 쥔 두 팔을 펼쳐 그들 머리 위를 날아올라본다.

산 정상에서 리프트는 사람들을 내려놓는다. 바람을 맞은 뺨이 얼얼하다. 스윽 스윽 오른발 왼발을 움직여 설원으로 나온다.

폴을 눈 속으로 찍는다. 스키에 차츰 속도가 붙기 시작한다. 발밑에서 사각사각 갈라지는 눈 소리가 상쾌하다.

한 여자아이가 옆을 지나간다. 온 얼굴에 눈물이 번져 있다. 여자아이는 수업 중에 학교에서 뛰쳐나왔다. 짝의 지갑이 없어지자, 부모가 없이 할머니와 사는 여자아이가 제일 먼저 의심을 받았기 때문이다. 추궁하는 선생님에게 여자아이는 고개를 꼿꼿이 들고 대들었다. 선생님이 따귀를 때렸다.

"맞은 뺨이 아픈 게 아니었어."

여자아이가 중얼댄다.

"내 힘으로 넘어설 수 없는 벽을 마주한 것 같았어. 그 암담함이 아팠어."

활강을 한다. 여자아이가 사라진다. 뚫린 가슴으로 바람이 지나간다. 빨간 모자를 쓴 스키어가 불안한 자세로 직활강하고 있다. 순식간에 다가온 빨간 모자가 위험스레 비틀대다 중심을 잃고 부딪혀온다. 재빨리 턴을 하여 충돌을 피한다.

빨간 모자가 허공을 가르며 나둥그러지며 미끄러진다. 비명을 지른다. 다리가 꺾여있다. 스키 플레이트가 분리되지 않은 채 부츠에 붙어있다.

스키안전요원이 달려온다. 빨간 모자의 스키 플레이트를 풀어준다. 빨간 모자는 다리를 움직여본다. 크게 다치지는 않았다. 안전요원의 부축을 받고 일어선다. 안전요원이 말한다.

"여기는 상급자용입니다. 안전을 위해서 중급자로 옮겨 타시는 게 좋겠습니다."

여자의 약혼자도 방학 중 아르바이트로 스키안전요원 일을 했다. 여자는 지난겨울 내내 약혼자에게 스키 강습을 받았다.

"답답할 때는 스키를 타 봐. 가슴이 확 뚫릴 테니. 쨍하니 시린 날씨, 끝없이 펼쳐진 하얀 눈, 그 위를 날아가는 기분, 끝내주지."

약혼자는 스키를 탄다고 하지 않고 '난다'라고 표현했다. 그는 직활강은 위험하다고 했다.

"곧이곧대로 사람들과 부딪히면 남는 건 부상뿐이야."

눈이 휘날린다. 고글에 눈이 부딪힌다. 모자 밖으로 나온 머리카락이 바람에 흩날린다.

모굴mogul, 울퉁불퉁한 작은 봉우리이 앞에 있다. 짜릿한 긴장감으로 피돌기가 빨라진다. 약혼자는 말했다.

"인생과 같다고 생각하면 돼. 난관에 부딪히면 그만큼 자세를 낮추는 거야. 겸손을 배우는 거지."

자세를 최대한 낮추고 하체를 구부린다. 때로는 몸을 살짝 비틀어야한다. 사면을 타고 스키가 허공으로 날아오른다. 안정감 있게 착지한 지점에 한 여인이 주저앉아 있다.

여인은 막 파혼을 하였다. 결혼을 사흘 앞두고 남자의 할아버지가 급사를 했다. 그러자 남자 쪽 집안에서는 들어올 새 사람이 부정 탄 사람일 거라고 쑤군댔다. 여인의 부모가 일찍 돌아가신 것이 그 증거였다. 장례를 치른 후로 결혼을 연기하자고 남자가 말해왔다.

여인은 고개를 저었다.

"미룰 게 있겠어? 없었던 걸로 해."

별안간 새로운 모굴이 나타난다. 예상치 못한 등장에 미처 자세를 갖추지 못했다. 균형을 잃고 넘어진다. 눈 속에서 두 바퀴 구른 온 몸이 하얗게 눈사람이 된다. 바인딩스키 부츠가 스키에 부착되도록 잠그는 장치이 풀리면서 두 발에서 스키 플레이트가 날아간다. 스키 플레이트가 빠져 일어서기 어렵다. 부츠가

푹, 눈 속으로 파고든다.

심연처럼 깊은 눈 속 그 속에서 망연자실한 여인이 있다.

여인은 그동안 많은 모굴을 만났고 넘어지고 상처를 입었다. 남자는 모굴을 무사히 통과하는 법을 가르쳐주었다. 약혼도 하였다. 그러나 그 약혼이 모굴이 되는 경우 어떻게 해야 하는지는 가르쳐주지 않았다.

서로를 믿고 있다고 생각했다. 그의 진심은 어디까지였을까. 동상 걸린 상처처럼 꽁꽁 언 가슴에는 진물이 흐른다.

눈 속에 파묻힌 채 일어나지 않는 여인의 손에 폴이 쥐어진다. 여인은 폴을 바라본다. 여인의 발에 신겨진 스키부츠에 스키플레이트를 바인딩 한다. 여인은 이윽고 폴의 그립을 고쳐 잡고 일어선다.

폴이 눈 속에 박혀들어 간다. 링이 잡아주지 않으면 어디까지든 들어갈 것 같다. 일어서던 여인이 휘청대더니 다시 넘어진다. 주저앉은 여인은 폴을 짚고 일어난다. 스키 플레이트가 단단히 여인의 무게를 지탱하지만, 또 넘어질 것이다.

상급자도 넘어진다. 그러나 금방 일어선다. 상급자라면 순간적으로 완전히 꺾어 다른 방향으로 바꿔 갈 수도 있다. 하지만 아무리 상급자라도 이미 지나온 길을 되돌아갈 수는 없다.

여인은 앞으로 앞으로 나간다. 슬러프의 경사가 가팔라졌다. 자세를 낮춘다. 급경사다. 프리 점프를 시도한다. 새처럼 날았다가 착지에 성공한다. 잠시 맛본 무중력 시간의 자유로

움. 안정을 되찾은 여인은 이제 흔들리지 않는다.

그친 듯했던 눈이 다시 내린다.

바람을 가르고 눈을 가르며 여인의 상념도 펄펄 뒤로 날아간다.

더불어 홀로 살아내기

우리의 '에고'나 자아상은 바람이 새는 풍선과 같아 늘 외부의 사랑이라는 헬륨을 집어넣어 주어야하고, 무시라는 아주 작은 바늘에 취약하기 짝이 없다. _ 알랭 드 보통

— 자네는 딸 중에 최고를 데리고 간 거라고.

제부가 따라준 사케 잔을 들어 시원하게 마신 후, 남편이 말했다.

20년 전 춘희와 처음 결혼했을 때부터 남편은 네 명의 여형제 중에 막내 처제가 여자로는 최고라고 말했다. 고추냉이를 얹은 회를 한 점 집어 막 입에 넣던 춘희는 사래가 들어 캑캑 기침을 했다. 막내가 눈치 빠르게 물 잔을 집어주었다.

사래는 가라앉았다. 실금이 가있던 자존심에 매운 고추냉이가 끼어들기 전에 춘희는 너그러운 웃음과 맞장구로 서둘러 봉합했다.

- 하하하, 맞아. 우리 막내가 오늘은 더 곱네.

막내는 친지 결혼식에서 바로 온 길이었다. 잘 손질된 머리와 세련된 연분홍 투피스가 화사했다.

- 곱기만 해? 애교도 많잖아. 여자는 자고로 저래야 하는데…….

뚝, 자존심 한 조각을 기어코 떼어낸 남편이 제부의 잔에 사케를 그득 따랐다.

- 자넨 복 터진 줄이나 알아.

제부는 허허, 웃기만 하며 잔을 들지 않았다. 남편의 좋은 술친구였던 제부지만 근래 술을 끊었다고 했다. 형님 술을 거절하는 거냐고 남편이 재촉하자 제부는 마지못해 잔을 들었다.

제부가 드는 술잔을 언짢은 기색으로 보고 있는 막내의 등 뒤에서 기모노를 차려입은 그림 속의 여인이 딱한 듯 춘희를 보고 있었다.

집에 돌아와 평상복으로 갈아입자마자 급히 나가느라 밀쳐 두었던 설거지를 시작했다. 카톡 소리가 들렸다. 막내가 보낸 것이었다. 물 묻은 손을 앞치마에 쓱쓱 닦고 핸드폰을 잡았다.

꽤 긴 내용이었는데, 요지는 제부에게 남편이 술을 권한 것에 대한 불만이었다. 제부는 부정맥이 심해 술을 끊은 거고 금주가 목숨이 달린 일이라고 했다. 그런데 막무가내로 권하니 그러다 죽기라도 하면 형부가 책임질 거냐는 내용이었다.

와하하, 웃음소리가 터져 나왔다. 텔레비전 안에서 사람들이 웃고 있었다. 그들 앞에서 한 사람이 오물을 뒤집어쓰고 쩔쩔매고 있었다. 아마 어떤 게임에서 져서 벌칙을 받고 있는 거 같았다.

그 외엔 모두가 즐거워하는 이 상황을 어떻게 받아들여야 할지 알 수 없어서 그는 웃는 것도 우는 것도 아닌 기묘한 표정을 지었다. 남편도 뒷모습을 보여주며 웃고 있었다. 소리를 피해 화장실로 가며 춘희는 남편 대신 사과했다.

― 미안하게 됐어.

다시 카톡이 들어왔다. 밥값을 떠넘겼을 때 많이 황당했다는 문자였다. 그럴 만하다고 춘희는 고개를 주억댔다. 그 자리를 마련한 사람은 남편이었다. 결혼식장에서 친구들과 먹고 가겠다는 것을 자기가 사줄 거라며 기어코 막내 내외를 불러냈다.

춘희는 막내를 달랬다.

― 그러게, 나도 민망하더라.

평소에도 남편은 주위 사람들에게 밥을 사주는 것을 좋아했지만 막내는 불편해했다. 누가 사주고 말고 할 거 없이 가족들이 만나면 각자 엔 분의 일로 나누자고 했다. 아무도 부담되지 않아야 만남이 편해진다며 다른 형제들도 찬성했다. 하지만 남편은 여전히 많은 경우 자신이 밥값을 냈다.

그런데 막상 남편은 그렇게 억지로 불러낸 제부에게 밥값을 책임 지워버렸던 것이다. 그리고 말했다.

– 돈도 잘 벌면서 한 번씩 한턱도 좀 내고 그래. 돈은 쓸
줄을 알아야 벌 줄도 아는 법이야.

무안도 했지만, 자신들을 그런 식으로 인색한 사람으로 매
도하는 형부가 야속하다고 막내는 말했다.

– 언니, 우리 그렇게 잘 벌지 못하는 거 언니도 알잖아.

그리고 막내는 아이들 학비와 주택 융자금, 시댁에 보내야
하는 돈 등 어려움을 길게 하소연했다.

알아. 라고 문자를 찍고 나니 갑자기 심한 피로감이 느껴졌
다. 그래서 덧붙였다.

– 알아. 술에 취해 그런 거잖아. 너무 뾰족하게 받을 건 없어.

– 무슨 말이 그래. 결론은 뾰족하게 구는 내 잘못이라는 거야?

제 역할을 거부한 춘희에게 당황한 카톡이 펄쩍 튀었다.

– 언니도 역시 팔이 안으로 굽는구나.

춘희는 갸우뚱했다. 팔은 밖으로 굽히는 거 아니었나? 팔을
들어 굽혀보았다. 팔은 카톡 속의 막내와 핸드폰 안의 수많은
사람들 쪽으로 굽혀졌다. 핸드폰을 내려놓은 춘희는 거울 앞
에 섰다. 거울 속에서 마주 보고 있는 춘희를 향해 팔을 굽혔
다. 거울 속의 팔도 춘희를 향해 굽혀왔다.

나를 향해 굽혀주는 팔도 있었구나!

행복해졌다.

춘희는 거울속의 춘희에게 말했다.

고마워. 내 편이 되어줘서.

3부

청개구리

갓난아기의 사체였다. 등을 보여주며 둥둥 떠 있는 아기는 머리 커다란 개구리 같았다.

세상에 태어나 처음 터트린 울음이 마지막 울음이 되었을 아기에겐 바로 얼마 전까지 생명을 공급 받았을 탯줄이 아직도 매달린 채 방향을 잃어버리고 흐느적대고 있었다.

연못은 제멋대로 자란 풀들이 기슭을 이루고 밑이 보이지 않을 만큼 탁한 물에는 부레옥잠, 개구리밥, 수련 들이 어수선하게 나 있었다.

폴짝, 풀숲에서 개구리 한 마리 튀어 올라 아기의 등 위에 올라앉았다. 아주 작은 청개구리였다.

푸른색이 서럽고 서러웠다.

그만큼의 생

양을 잡으려는 남자의 손길이 거칠다. 양들은 남자보다 한 걸음 만큼만 앞서 이리저리 우르르 몰려 달린다. 남자가 반대쪽 양떼를 향해 등을 보이면 양들도 걸음을 멈춘다. 무궁화 꽃이 피었습니다.

남자가 몸을 돌리면 다시 달린다. 양들은 아주 멀리 가지는 않는다. 잡히지 않을 만큼, 그만큼만 달아난다.

마침내 양 한마리가 잡히고 만다. 다리 하나를 잡힌 채 매에에 울며 남은 세 다리를 바쁘게 움직이면서 양은 질질 끌려온다.

저만큼 가있던 양들이 남자의 영향권 안으로 되돌아온다.

그들은 알고 있다. 오늘 동료 한 마리가 사라진다는 것을, 그래서 이제 안전해졌다는 것을, 남자가 다시 자신들을 보호해줄 것을 믿는다.

몽골의 초원에는 평화가 찾아왔다. 필사적인 달리기에 허기를 느낀 양들은 아무 일 없었던 것처럼 평화롭게 풀을 뜯어먹기 시작한다.

한 다리를 잡히고 끌려갔던 양은 네 다리를 다 잡힌 채 비닐 위에서 배를 드러내고 누워있다. 늘 머리에 이고만 있던 몽골의 하늘을 양은 처음으로 바라본다.

푸른 하늘에는 풀밭에서보다 더 많은 양들이 있다는 것을 처음 알게 된 양은 기쁨의 눈물을 흘린다. 하늘의 양들은 뭉개 뭉개 모양을 바꾸어가며 사지를 잡힌 양을 내려다보며 반갑게 인사를 한다.

우린 늘 너를 따라다녔어. 언젠가 우리를 올려다보며 인사해줄 거라고 믿었어.

양은 자신의 배의 털이 싹싹 깨끗이 면도되는 소리를 듣는다. 곧 날카로운 칼이 배를 가르고 남자의 손이 뱃속으로 들어올 것도 알고 있다.

양은 남자의 손이 자신의 창자를 움켜쥐기 전에 하늘의 양들에게 마지막 인사를 보낸다.

매에에~

나중에

엄마, 버스가 섰어요. 사람들이 많이 내리네요. 이상하게 생겼어요. 창살로 들여다보는 저 사람은 머리카락이 빨개요.

외국인 단체관광객이란다. 다행이구나.

왜요?

단체관광객들은 살아있거나 죽은 채 널려있는 우리를 구경하기도 바쁘거든. 쫓기듯 사는 일상을 벗어나고 싶어 길을 나섰다고 말은 번드르르 하지. 하지만 막상 일상을 벗어던질 용기는 갖지 못하고 몰려다니는 시간은 그들을 더욱 옥죌 수밖에 없단다.

엄마 이번에는 승용차가 섰어요. 두 사람이 내리네요.

아가, 얼른 내 젖을 먹으렴. 저 사람들은 바쁘지 않아.

나중에 먹으면 안돼요? 조금 전에 실컷 젖을 먹었는데요.

나중은 없단다. 우리가 그들의 덫에 걸린 그 순간 '나중'이라는 말도 사라지고 말았어.

　아까 오토바이 타고 남자들이 왔을 때도 엄마가 나를 품에 안았잖아요.
　오토바이 타고 온 남자들도 바쁘지 않았단다. 이웃 철창 속에 갇혀있던 산양의 털이 불에 그슬리는 것을 지켜보며 키득댈 시간도 있었고 수많은 불개미로 담근 불개미주와 함께 그 산양을 뼈만 남겨놓고 떠날 시간도 있었단다.

　사람들은 왜 우리를 불에 그슬리고 싶어 하나요?
　그들은 아주 오래 전에 거친 들판을 뛰어다니는 불편함을 피해 자유를 내어준 어리석은 동물들이란다. 스스로 만든 덫에 걸려 스스로 만든 철창 속에서 '나중'이라는 시간을 버렸단다. 그리고는 자유로웠던 아득한 기억이 그립다고 말하지.
　사실을 말하자면 그리워하는 척만 할 뿐, 진심으로 되돌리고 싶어 하지도 않아. 자유를 찾는 고달픔을 겪기보다는 대신 자유를 향한 의지와 거친 환경에서도 살아남은 우리의 생명력을 빼앗는 쪽을 택했지.
　그러니 아가, 내 털이 그슬리기 전에, 내 살이 뜯겨나가기 전에, 내 품속으로 들어오렴. 내 젖은 태초의 기억이고 생명의 언어이니 네가 모두 가져야 한다. 그것만은 빼앗기지 않겠다.

알았어요. 엄마의 품은 따뜻하고 엄마의 젖은 달콤해요. 아, 남자가 왔어요! 나를 보고 웃고 있어요. 오동통해서 탐스럽다고 하네요. 그렇군요. 엄마는 너무 말랐어요.

다슬기

집은 텅 비어 있었다. 밭에 나가봐야 할머니는 없을 것이다. 오늘은 장날이라 할머니는 누렇게 뜬 얼굴로 장터 귀퉁이에 앉아, 들고 나간 푸성귀들을 다 팔아야 돌아올 것이다. 부쩍 피곤해하고 입맛 없다 하던 할머니가 병원에서 간경화 진단을 받자 쉬기는커녕 오히려 더 열심히 일을 하고 있었다.

어젯밤 할머니가 아린의 얼굴을 쓸며 중얼대었을 때 아린은 눈을 꼭 감고 자는 체 했다.
우리 강아지, 내가 죽으면 불쌍해서 어떡하누……. 할머니 손바닥은 나무토막처럼 딱딱하고 살갗을 긁을 만큼 거칠었지만 더 오래 뺨을 쓸어주었으면 싶었다.

아린은 마루에 가방을 던져 놓고 수경과 작은 플라스틱 소쿠리를 챙겨들고 곧장 개울로 향했다. 개울은 맑은 물이 자잘한 돌들을 피해 이따금 몸을 뒤틀며 흐르고 있었다. 자그락자그락, 발밑에서 자갈들이 아는 체 인사를 했다.

산에서 흘러내려온 물은 커다란 바위를 만나 작은 폭포를 이루어 개울로 떨어지고 있었다. 개울은 아린의 발목 정도 찰랑대는 곳부터 어른의 키도 훌쩍 넘길 만큼 깊은 곳도 있었다. 아린이 서있는 개울의 건너편 바위 쪽이 가장 깊었고 수온도 차가왔지만 비취 같은 초록색의 물빛이 맑고 투명하였다.

바위 뒤는 짙푸른 나무들이 병풍처럼 둘러쳐 있었다. 널찍하고 커다란 은회색 바위는 천사들이 쉬었다 갈 만큼 아름답다고 천사바위라고 불렸다. 그 바위를 가려면 깊고 차가운 소를 건너 작은 폭포를 지나야 했으므로 가본 사람은 많지 않았다.

그러나 바닥이 훤히 보일 만큼 물이 맑다 보니 경치에 취한 외지인들이 만만하게 여겨 덤벙 뛰어들다 사고를 당한 일도 더러 있었다. 어른들은 사람을 끌어당기는 물귀신바위라고 아이들에게 겁을 주며 바위 근처로 절대 가지 못하게 주의를 주곤 했다.

아린은 소쿠리를 잡은 채 수경을 눈에 끼고 허리를 숙여 물속을 들여다보기 시작했다. 수경의 유리를 통해 보면 물속이 훤히 보여 돌에 붙은 다슬기 잡기가 좋았다. 다슬기가 간에 좋다는 말을 들은 후 아린은 틈만 나면 다슬기 잡이를 나섰다. 할머니 때문만이 아니라 아린도 다슬기 국을 좋아하였다. 된장이나 들깨가루를 풀어 부추와 함께 보글보글 끓인 다슬기국은 구수하고 시원하였다.

다슬기는 동네 사람들도 즐겨 잡기 때문에 얕은 곳은 다슬기가 많지 않았다. 돌을 들추면 몇 마리 정도 붙어있었고 한 마리도 없을 때가 더 많았다. 물 밑의 다슬기를 따라 조금씩 깊은 곳으로 들어가다가 허벅지까지 물이 차오른 걸 깨닫고 발을 멈추었다.

첨벙! 누군가 물에 뛰어드는 소리가 들렸다. 허리를 펴자 젖은 머리카락에서 물이 뚝뚝 흘러 어깨를 적셨다. 아린은 물기로 아롱거리는 수경을 머리 위로 올렸다.

그 애였다. 웃통을 벗고 반바지만 입은 그 애가 물고기처럼 유연하게 헤엄을 쳐서 바위를 향해가고 있었다. 물속에 잠겼다가 다시 솟구치는 그 애의 하얀 몸이 햇빛에 분부셨다. 물은 반가이 그 애를 품에 안고 가볍게 떠받쳐주고 있었다. 작은 폭포까지 도착한 그 애는 떨어지는 물을 온몸으로 맞으며 바위 위로 올라갔다. 바위에 앉아 숨을 고르는 그 애는 자신의 집을 찾아온 듯 편안해보였다.

그 애가 앉아있는 바위 아래 물에 잠긴 부분에 다슬기들이 까맣게 붙어 있는 것이 보였다. 그 애가 돌아보았다. 아린과 시선이 마주쳤다. 그 애는 몸을 일으키더니 풀쩍 바위를 도움닫기 하여 물속으로 뛰어들었다. 물속의 그 애가 바위를 향하는 것이 보였다. 머리카락이 수초처럼 하느작대었다.

바위에 다닥다닥 붙은 다슬기는 일일이 잡을 것도 없었다.

그냥 손으로 스윽 훑기만 하면 한 주먹이었다. 물위에 솟구쳤을 때 그 애는 두 주먹을 마주 움켜쥐고 있었다. 마주 쥔 두 주먹을 앞으로 내민 채 다리와 허리를 꿈틀대 곡선을 그리며 아린을 향해 왔다.

아린 앞에 선 그 애는 두 주먹을 내밀었다. 아린은 소쿠리를 내밀었다. 소쿠리는 다슬기가 밑바닥을 간신히 덮고 있었다. 그 애의 주먹이 펼쳐졌다. 후드득 다슬기들이 떨어져 내렸다. 다슬기는 검은 마노보석처럼 반짝였다. 소쿠리가 수북해졌다.

주먹을 비운 그 애는 몸을 돌려 다시 물로 뛰어들었다. 햇빛이 눈부셨다. 아린은 눈을 질끈 감았다가 떴다. 그 애의 몸에 돋은 무지갯빛 비늘을 본 듯했다.

비둘기 모텔

처음 강쇠가 나타난 것은 남편이 외박한 다음날이었다.

"전원이 꺼져있어 음성사서함으로 연결되며……"

남편 전화기에서 나오는 상냥한 기계음을 듣고 있는데 베란다에 푸드덕 소리가 났다. 비둘기 한 마리가 베란다 난간에 앉아 막 깃을 모으고 있었다. 정이와 눈이 마주치자 피하지 않고 새카만 눈알을 뙤록댔다.

핸드폰을 내려놓고 정이는 몸을 일으켰다. 어제 비웠어야 할 남편의 저녁밥이 전기밥솥 안에 남아있었다. 뜨끈한 밥 한 덩이를 들어냈다. 물을 조금 부어 열기도 식히고 뭉쳐진 밥알들을 흩트렸다. 비둘기는 베란다 바닥에 내려와 앉아 있다가 정이가 나오자 푸드덕 날개를 펼쳐 난간으로 몸을 옮겼다. 하지만 정이가 바닥에 밥알을 흩뿌리자 다시 내려와 밥알을 쪼아 먹기 시작했다.

그날의 만찬이 흡족했던지 다음날은 아내인 듯한 비둘기도 데리고 왔다. 두 비둘기는 생김과 깃털의 무늬가 확연하게 달랐다. 처음 온 비둘기는 근육질 날개에 짙은 회색에 줄무늬였는데 비해 아내 비둘기는 색깔이 좀 더 연했고 타원형 무늬가 많이 섞여 있었다.

정이는 냉장고 속에서 굳어가는 남은 밥알들을 뿌려주었다. 비둘기들은 머리를 까닥이며 열심히 정이가 차려준 만찬을 쪼았다. 그러다 갑자기 근육질 비둘기가 아내로 보이는 비둘기 위에 올라 타 날개를 푸득댔다. 그리고는 다시 밥알을 쪼아 먹다가 잊을만하면 다시 올라탔다. 네 번째 올라타는 걸 보았을 때 정이는 쓴 웃음을 흘리지 않을 수 없었다.

너, 변강쇠로구나.

비둘기처럼 다정하게 살자는 노래 가사가 저절로 생각날 만큼 두 비둘기는 사이가 좋았다. 서로 비비고 깃털도 골라주고 잠시도 떨어져 있지 않았다. 정이도 사랑의 장소로 자신의 베란다를 선택해준 비둘기 부부를 위해 올 때마다 낱알들을 챙겨주었다.

남편은 외박과 출장이 잦은 편이었다. 엔터테인먼트 쪽 일이라는 게 원래 그러니 이해해달라는 남편 대신, 매일 찾아오기 시작한 강쇠 부부를 정이도 기다렸다.

정이가 기꺼이 내어준 베란다는 강쇠의 영역이 되어갔다. 강쇠는 당당히 자신의 권리를 주장했고 대접이 시원치 않으면 꾸꾸, 꾸르르, 목에서 굴러 나오는 소리로 항의도 했다. 정이는 강쇠가 오기 전에 베란다를 깨끗이 청소해두었고 보리나 현미, 때로는 팝콘으로 메뉴를 바꾸어 입맛을 맞춰주었다. 배가 부르면 강쇠는 아내를 올라탔고 아내는 다소곳하게 서서 강쇠의 무게를 견뎌내 주었다.

두 마리의 비둘기들은 눈에 뜨일 만큼 살들이 오동통 올랐다. 정이 집 베란다에서 머무는 시간도 점점 길어지고 한낮의 정사도 더 잦아졌다. 조만간 그들 2세까지 정이가 거둬 먹여야 하는 거 아닌가 슬며시 걱정도 되었다.

어느 날 강쇠 내외가 서로 몸을 비비고 있는데 다른 비둘기 한 마리가 베란다 난간에 있는 것이 보였다. 광고지도 돌리지 않았는데 정이 모텔이 비둘기 세계에 어느새 소문이 난 건가 했는데 새로 온 비둘기가 베란다로 내려오자 강쇠가 반색하며 맞이했다.

이 녀석은 S 라인까지는 아니라도 날씬한 몸매에 눈가에 도화살 비슷한 무늬도 보이는 게 요염하게 생겼다. 둘이서 몸을 비비고 인사를 하나 싶더니 강쇠가 곧장 도화살 비둘기 위로 올라탔다. 아내는 몸을 돌리더니 아무것도 보지 못한 척 바닥에 떨어진 쌀알을 찾아다녔다.

다음날도 베란다에는 두 마리의 비둘기들이 정답게 털을 고르고 있었다. 다른 때처럼 쌀알을 들고 나갔던 정이는 그중 한 마리가 아내가 아니라 도화살 임을 발견했다. 기다렸지만 아내는 끝내 모습을 나타내지 않았고 그 이후 다시는 볼 수 없었다. 아내가 떠난 베란다에서는 강쇠와 도화살의 정사만 더욱 잦아졌다.

강쇠의 또 다른 비둘기가 나타난 날은 정이가 영수증을 한 장 쥔 채 망연하게 소파에 앉아있을 때였다. 세탁을 위해 뒤졌던 남편의 주머니에서 발견한 모텔 영수증이었다.

푸드덕 날갯짓 소리에 정이가 돌아보니, 비둘기 한 마리가 난간에 앉아 있었다. 베란다에는 이미 강쇠와 도화살이 있었다. 아내가 자신의 자리를 되찾으려 왔나? 반가운 마음에 정이는 영수증을 움켜쥔 채 몸을 일으켰다.

비둘기가 베란다 바닥으로 내려앉는데 보니 아내가 아니었다. 체격도 작았고 비둘기니까 영계로 부를 수는 없지만 어려 보이는 비둘기였다. 이번에도 강쇠가 불렀던 거 같았다. 강쇠가 반기며 다가갔다.

그러나 도화살은 아내와 달랐다. 강쇠와 어린 비둘기가 몸을 비비는 순간 도화살이 어린 비둘기를 공격했다. 사정없이 발톱으로 할퀴고 부리로 찍었다. 도화살의 서슬에 질린 강쇠가 슬쩍 뒤로 물러섰다. 그리고는 모르는 척 바닥의 낱알을 찾아다니며 딴청을 부렸다.

어린 비둘기는 도화살의 상대가 되지 못했다. 앙칼진 도화살의 공격을 이겨내지 못하고 날개를 푸드덕대더니 황급히 달아나 버렸다.

승리한 도화살이 강쇠에게 다가갔다. 강쇠는 도화살을 올라탔고 도화살은 의기양양 자신의 엉덩이를 내주었다. 정이는 쥐고 있던 영수증을 구겨 주머니에 넣고 다용도실로 향했다.

정이가 빗자루를 들고 베란다로 나오자 강쇠가 불쾌한 듯 정이를 노려보았다. 도화살도 이런 무식한 청소부 같으니, 청소는 손님이 간 후에 하는 거야, 하며 정이를 바라보았다. 정이는 모텔 룸 메이드가 아니라는 것을 보여주기 위해 빗자루를 휘저었다.

서비스가 지나치게 좋았던 게 문제였던가. 강쇠는 어느새 이 모텔의 주인이 누구인지 잊어버린 것 같았다. 날개를 퍼덕이며 맞서 공격을 해왔다. 빗자루를 쪼아대더니 정이까지 공격하려는 강쇠를 정이는 힘을 다해 쳐냈다. 정통으로 맞은 강쇠가 나가떨어졌다.

도화살에게도 빗자루를 휘두르려했지만 도화살은 확실히 영악했다. 기절한 강쇠를 보았을 때 다음이 자기 차례일 줄 알고 있기라도 한 듯이 강쇠를 버려둔 채 재빨리 날아가 사라져버렸다.

강쇠를 들어보았다. 묵직했다. 정이가 준 곡식들로 찌운 살들이었다.

그날 저녁 정이는 늦게 돌아온 남편에게 모텔 영수증을 보여주었다. 남편은 "그래서 뭐."라며 불쾌해 했다.

"예민하게 좀 굴지 마. 밤새워 일하고 지쳐서 잠깐 눈 부친 사람에게 위로는 못할망정."

정이는 밤새워 일했던 남편을 위해 준비해둔 음식을 내놓았다. 식탁 위에 오른 요리에 남편의 입이 헤벌쭉해졌다.

"이건 어떻게 요리 한 거야? 닭고기 치곤 좀 질기긴 하지만 맛이 독특한데?"

남편은 강쇠 다리 하나를 집어 들고 살점을 뜯기 시작했다. 도화살 위에 올라타던 강쇠의 두 다리가 순식간에 발골 되어 뼈만 남았다. 정이는 턱을 괴고 마주 앉아 여러 암컷 비둘기들 사이로 날아다니던 강쇠의 날개를 집어 입에 넣는 남편을 지그시 바라보았다.

아리쓰리탕

엄마는 토막 친 닭고기에 소금과 간장으로 밑간을 했다.

모든 양념은 짝이 있단다. 하나만 쓰지 말고 꼭 두 종류를 같이 써야 해.

아리와 쓰리처럼.

미나는 훌쩍이며 말했다.

– 둘은 언제나 붙어 다녔어.

엄마가 꽥 소리 쳤다.

– 양념이라고 했잖아! 양파 깐 거나 이리 줘.

미나는 눈물을 훌쩍이며 깐 양파를 건네주었다. 양파와 마늘을 넣은 닭이 어느 정도 익자 엄마는 남은 양파와 미리 손질해둔 당근, 버섯, 감자를 부어 고추장 양념과 같이 버무렸다. 닭 익는 냄새가 구수하였다. 그래서 또 눈물이 났다.

– 언제까지 청승 떨래?

조리에 썼던 그릇을 씻던 엄마가 엄지와 검지를 구부려 미나 얼굴에 물방울을 튕겼다.

냄비뚜껑을 열어보니 양념이 잘 배인 닭다리가 보였다.

– 저거 아리지?

엄마도 고개를 빼서 보았다.

– 아니 쓰리일 거야. 아리 다리는 길어.

유난히 미나를 따르던 아리였다. 닭대가리라고 말하지만 아리는 머리도 좋았다. 미나를 알아보았고 미나를 보면 반가운 날갯짓을 하곤 했다. 쓰리는 먹이와 아리 외엔 관심이 없었다.

미나는 매일 닭장에 모이를 가져다주고 물을 길어주고 정성을 다했다. 메뚜기를 잡아준 적도 있었다. 엄마가 없으면 닭장에서 풀어내 자유를 주기도 했다. 해가 지면 아리는 알아서 제 집으로 들어갔고 그 뒤를 쓰리가 따랐다.

미나는 아리를 씻어서 안고 다니기도 했다.

– 네 동생이니?

친구들이 놀려도 좋았다. 그런데 학교에서 돌아온 오늘 닭장이 비어있는 것을 보았다.

– 딱 맞춰 왔구나. 오늘 복날이라 네 아빠가 좋아하는 닭볶음탕을 막 시작 하려던 참이다. 아직 다 자라지를 못해서 한 마리로는 적을 거 같아 두 마리 다 잡았다.

엄마 말을 듣는 순간 미나는 다리에 힘이 풀려 털썩 주저앉아버렸다.

– 집에서 키운 거라 역시 사먹는 것 하고는 맛이 다르네.

아버지가 다리를 잡고 뜯고 있었다.

　－ 그거 아리야. 메뚜기도 잡아 먹었어.

미나가 말했다.

　－ 그렇구나. 그래서 더 맛있나 보다.

아버지가 만족스럽게 말했다. 엄마는 날개를 먹고 있었다.

　－ 먹을 건 적지만 사실 날개가 맛있지.

아버지가 말했다.

　－ 당신은 안 돼. 날개 먹으면 바람난대.

엄마는 자기 말이 우스운지 킥킥 웃었다.

길이가 짧은 것을 보면 미나 그릇에 놓인 것은 쓰리의 다리였다. 미나는 냄비를 뒤적여보았다. 토막들 중에 긴 다리와 짧은 다리가 하나씩 있었다. 미나는 쓰리 다리를 냄비에 도로 붓고 아리 다리를 그릇으로 옮겼다. 아리 다리를 보자 다시 눈물이 났다. 훌쩍대자 엄마가 노려보았다. 미나는 쿡쿡 울음을 참으며 아리 다리를 들었다.

그런데……

아리 다리는,

정말, 정말 맛있었다.

언 해피

마당에서 놀던 동생의 비명소리가 터져 나왔다.

침대에 걸터앉아 유튜브를 보고 있던 유나가 놀라서 뛰어나갔다. 동생은 개집 앞에서 얼굴을 두 손으로 싸안고 주저앉아 있었다.

부엌에 있던 엄마도 달려 나왔다. 엄마가 얼굴을 감싼 동생의 손을 떼어보니 콧잔등에 피가 조금 나 있었다. 동생이 울먹댔다.

"해피가 물었어."

해피는 개집 안에서 꼬리를 엉덩이에 말아 넣고 납작 엎디어 있었다. 해피는 잡종 개인데 덩치가 큰 편이었다. 순하고 말을 잘 들어서 미운 일곱 살이라는 늦둥이 동생이 온갖 짓궂은 장난을 해도 반항 한번 한 적 없었다.

엄마는 동생을 집안에 데리고 들어가 씻겼다. 크진 않았지만 눈 바로 밑 콧잔등에 팥알 크기의 이빨 자국이 두 개 나있었다.

"하마터면 눈을 다칠 뻔 했네. 이거 흉터 남으면 어떡하지?"

엄마는 많이 속상해 했다. 엄마는 코에 소독약을 발라주고 즉시 동생을 데리고 병원으로 갔다. 엄마는 며칠 전 광견병 걸린 유기견들이 돌아다닌다는 뉴스를 보았다며 걱정했다. 혹시 모르니 항생제 주사라도 맞아야겠다고 했다.

유나는 엄마와 동생이 나간 후 개집 안에 웅크리고 있는 해피를 가만히 살펴보았다. 선한 눈빛이 광견병 같은 건 걸리지 않은 거 같았다. 해피는 유나를 보고 반갑게 꼬리를 치며 일어서 나오려고 했다.

"감히 내 동생을 물었어?"

유나가 쏘아붙이자 해피는 머리를 숙이고 꼬리를 엉덩이로 말아 넣고 다시 주저앉아 머리를 다리 사이에 파묻었다. 제가 한 짓을 알고 미안해하는 모양새처럼 보였다. 너무 풀이 죽어버린 모습이 가여웠다.

"괜찮아, 크게 다치지는 않았어."

유나는 해피의 머리를 쓰다듬어 위로해 주었다.

서너 달 전 해피를 잃어버렸던 적이 있었다. 유나는 눈물을 찔끔대는 동생과 함께 해피를 찾아 온 동네를 헤매고 다녔다. 다시는 보지 못하게 될까 얼마나 애태웠는지 모른다.

저녁이 되어서야 어느 식당 앞 쓰레기통을 뒤지는 해피를 발견했다. 유나가 해피! 하고 부르자 돌아보더니 뛰어 와 풀쩍 뛰어 안겨왔다. 뒷다리로 서면 유나 어깨까지 올만큼 덩치가 큰 해피였다. 해후의 기쁨을 다 받기에는 해피의 힘이 유나에게는 벅찼다. 유나가 뒤로 나자빠져 엉덩방아를 찍자 그 위를 타고 오른 해피가 유나 얼굴을 마구 핥았다.

그랬던 해피였다.

퇴근한 아빠는 해피를 데리고 동물병원에 갔다. 광견병 검사를 했다고 했는데 결과는 며칠 지나봐야 정확하게 알 수 있다고 했다. 의사가 외견상으로는 광견병에 걸리지는 않은 거 같다고 했다는 말에 조아렸던 유나의 마음이 놓였다.

그런데 해피가 깨갱대는 소리가 들렸다. 나가보니 아빠가 구두주걱을 들고 해피를 때리고 있었다.

"이놈의 개가 어딜 감히 주인을 물어!"

"해피 잘못이 아니란 말예요!"

유나는 황급히 아빠 팔을 잡았다.

해피는 개집 속으로 몸을 숨긴 채 꼬리를 말고 웅크리고 앉아 겁먹은 눈으로 내다보고 있었다. 해피가 너무 가엾었다. 사고를 유발한 것은 장난도 심하고 호기심도 많던 개구쟁이 동생이었는데.

봄날의 오후 나른한 햇살에 해피는 졸고 있었을 뿐이었다. 장난이 발동한 동생이 어디서 새 깃털을 하나 주워서 해피의 코를 간질였다. 처음 몇 번은 해피가 귀찮아하며 이리저리 피했다. 자세만 바꾸고 다시 조는 게 재미있어진 동생은 짓궂게도 아예 해피의 콧속에 깃털을 집어넣으려했다. 그러자니 해피에게 얼굴을 가까이 대어야 했는데 그 순간 참다못한 해피가 으르렁 화를 낸 것이다.

분명히 물려고 한 건 아니었다고 유나는 생각한다. 해피가 이를 드러낼 때 동생의 얼굴이 너무 가까이 있었던 것이 탈이었을 뿐이었다.

그러나 해피는 그들에게 생존을 의지하고 있었고 유나 가족이 주는 밥을 먹고 비위를 맞추며 살아가야 하는 개였다. 주인을 다치게 한 해피에게는 어떤 변명도 할 수 없었다.

유나는 그것으로 해피가 저지른 일에 대한 벌은 다 끝났을 줄 알았다.

다음날 학교 다녀왔을 때 유나는 개집 앞에는 쭈그리고 앉아 눈물을 뚝뚝 흘리고 있는 동생을 보았다. 으레 반갑게 달려 나올 해피는 없었고 개집은 텅 비어있었다. 동생이 울먹대며 말했다.

"아빠가 해피를 어디론가 보내버렸어."

유나는 해피를 돌려달라고 며칠을 울며 졸랐다. 하지만 아빠는 물론 엄마도 단호했다. 엄마는 원래부터 해피를 좋아하지 않았다. 어린아이가 있는 집에서 키우기에는 덩치가 너무 큰 개라고 했다. 결국 사고를 내고 말았으니 더 큰 일이 벌어지기 전에 보내는 게 옳다고 했다.

해피는 끝내 돌아오지 않았다.

아빠는 대신 해피를 돌려달라는 유나와 동생 앞에 하얀 털이 보송한 귀여운 강아지를 한 마리 내놓았다.

너무도 작아 유나가 한손으로 잡을 수 있을 정도였다. 강아지는 유나와 동생 앞에서 갖은 재롱을 떨었다. 장난기가 동한 동생이 밀고 던지기도 했다. 하지만 강아지는 오뚝이처럼 금방 일어나 깡충대며 놀았다.

유나는 목을 잡고 힘을 조금 주어 보았다. 그래도 강아지는 전혀 반항을 하지 않았다. '저는 주인님의 것입니다. 마음대로 하십시오. 저를 죽인다 해도 거역하지 않겠습니다.' 마치 그렇게 말하고 있는 거 같았다. 놔주자 강아지는 잠깐 캑캑 대더니 다시 깡충대며 재롱을 부리기 시작했다. 그것이 생존할 수 있는 길이라는 것을 아는 듯이.

문틈으로 엿보다

집안이 괴괴하다. 마루로 올라온 수철은 안방 문에 귀를 대 보았다. 뒤척이는 소리, 긴 한숨소리가 들리지 않았다. 마음이 놓였다. 부모님은 얼마 전 가까운 친척에게서 사기를 당했다. 빚을 정리하기 위해 집을 팔고 전세 들어온 지 세 달째이다. 엄마는 피해를 줄여보려고 매일 나가 한밤중에 돌아왔다. 집에 없다는 것은. 아직 해볼 수 있는 방법이 있다는 뜻일 것이다.

방으로 들어왔다. 몸이 아파 조퇴를 해온 길이었다. 학교에서 오는 길에 동네의원에 혼자 가서 주사도 맞고 왔다. '어떻게 혼자 병원에 왔냐.'던 의사 선생님은 돈은 나중에 엄마에게 받겠다고 했다. 푹 자고 땀 한번 내고 나면 나을 거라고 하며 약도 주었다.

적산 가옥인 이 집에서 동생과 같이 쓰는 수철의 방은 집의 제일 안쪽 구석에 있는데 부엌으로 통하는 문이 따로 있었다.

부엌은 연탄아궁이지만 마루로 되어 있었다.

수철은 약을 먹고 장롱에서 이불을 꺼내 누웠다. 빈집에 혼자 있다는 것이 슬프기도 하고 달콤하기도 했다. 늘 식구들로 소란스럽던 집이 침 삼키는 소리조차 들릴 만큼 조용하다는 것이 낯설었다.

그때 이 절대 침묵을 깨는 소리가 있었다.

"바스락, 바스락."

수철은 귀를 쫑긋 세웠다. 오늘 아침 엄마 아버지가 나누던 말이 생각났다.

"이놈의 쥐가 비누를 또 물어갔네. 부엌에 둔 감자도 갉아 먹었던데."

"쥐라도 우리 집에서 집어갈 게 있으니 다행이군."

"그런 소리 말고 쥐덫을 좀 놔요. 안 그래도 심란한 집에 쥐까지 들끓으니……"

그리고 엄마는 다시 긴 한숨을 내쉬었다.

수철은 소리 나지 않게 조심조심 부엌문을 밀었다. 역시 쥐였다. 아직 새끼인 듯 했다. 쥐는 자그마한 앞발을 들어 무언가 잡고 입을 오물대며 먹고 있었다. 앞발은 분홍색이었는데 손가락 긴 사람의 손 같았다. 감자였다. 입을 오물댈 때마다 기다란 수염이 파들파들 떨렸다.

활처럼 휘어진 등은 회갈색 짧은 털로 덮여 있었다. 꽃잎처럼 생긴 분홍색 귀가 보드라운 털에 쌓여 양 옆에서 쫑긋 서 있었다. 한 번씩 움직임을 멈추고 가만히 주위를 경계했다. 그 눈이 검은 마노 보석처럼 반짝였다.

수철은 숨소리도 내지 않고 쥐를 보았다. 자그마하고 앙증스러워 '걱정 말고 마음껏 먹으렴,' 하며 회갈색 털을 쓰다듬어주고 싶었다. 수철은 소리 내지 않고 살금살금 큰 쥐처럼 기어서 부엌으로 나갔다. 쥐는 열심히 감자를 갉아먹느라 수철이 옆에 가도 모르고 있었다. 꼬리가 길게 바닥에 놓여있었다. 재빨리 손을 내밀었다.

잡았다!

엄지와 검지 사이에 단단한 근육 같은 쥐의 꼬리가 잡혀졌다. 쥐는 거꾸로 대롱대롱 손아래에 매달렸다. 그러나 수철은 쥐를 쓰다듬어보지 못했다. 그 순간 쥐가 몸을 돌려 제 꼬리를 잡고 있는 수철의 손가락을 물어버린 것이다. 악! 소리치면서 수철은 쥐를 놓치고 말았다. 쥐는 잽싸게 달아나버렸다.

수철은 한참동안 아쉬움에 쥐가 사라진 곳을 보았다. 쥐에게 물린 곳에 상처는 크지 않았지만 약간 피가 배어 나왔다. 부엌 바닥에 감자를 놓아두고 방으로 들어가 머큐로크롬을 바르고 누웠다. 문을 조금 열어두고 계속 기다렸지만 쥐는 다시 돌아오지 않았다.

학교에서 쥐를 잡자는 교육을 받고 쥐꼬리를 잘라오라는 숙제도 내어줄 만큼 당시는 쥐가 흔했다. 길 가다가도 흔히 쥐를 보곤 했다. 쥐가 지나가면 아이들은 괴물이라도 본 듯 비명 지르곤 했다.

그런데 살아있는 쥐를 그렇게 가까이서 본 것은 처음이었다. 책이나 포스터에 그려진 쥐는 흉측하고 괴물 같았다. 지저분한 회색 털에 혐오스러운 앞니가 삐죽 나와 있고 음흉한 눈과 흉기 같은 발톱을 가지고 있었다.

막상 눈앞에서 관찰한 본 쥐는 학교에서 배웠던 것처럼 흉측하지도 괴물 같지도 않았다. 보이는 대로 죽여야 할 나쁜 동물이라기보다 두려워하던 몸짓이 수철의 눈에는 오히려 보살펴주고 싶을 만큼 애처로웠다.

그러다 잠이 들었던가, 두런두런 이야기 소리에 잠이 깨었다. 부엌에서 엄마와 외사촌 누나가 이야기를 하고 있었다.

"미안해요. 나 때문에 고모까지 피해를 보게 만들어서." 목소리가 기어들어갈 듯했다. 누나는 그를 부모님에게 소개시켜주고 엄마를 부추겨 결과적으로 사기를 당하도록 만든 장본인이었다.

"그래도 그렇지, 사기 칠 상대가 따로 있지 어떻게 우리한테까지 사기를 칠 수가 있어."

"난들 그 인간이 그런 짓을 할 줄 어떻게 알았겠어요. 좋은 대학 나왔지, 인물 좋지, 게다가 알다시피 말은 좀 잘했어야 말이죠." 엄마가 길게 한숨을 내뱉았다.

"후유~ 결국 당한 사람들만 바보지. 이제 와서 네 탓한들 뭐하냐. 참, 사람 겉 보고는 모르겠네."

"꺄악!"

그때였다. 누나가 비명을 질렀다.

"쥐구나! 저게 어디 숨었다가 나온 거지?"

엄마의 놀란 목소리였다. 누나는 거의 울 듯했다.

"난 쥐가 세상에서 제일 싫어. 저 생긴 것 좀 봐, 얼마나 흉측해. 아휴, 끔찍해."

쥐를 잡는지 우당탕 밖이 소란스러웠다. 수철은 몸을 일으켰다. 땀에 흠뻑 젖어 있었다. 열은 내린 것 같았다.

머릿속 서랍

주영의 최초의 기억 속에는 물개가 있었다. 하지만 주영이 살던 시골에는 동물원이 없었다. 동물원에 가본 건 중학교 때 언니와 같이 간 게 처음이었는데 그 동물원에는 물개가 없었다.

주영은 물개를 찾아 헤맸지만, 물개에 대한 기억이 전혀 없는 언니는 도움이 되지 않았다. 물개가 있을 곳에 대해 엄마에게 물었다.

"엄마 나 아주 어렸을 때 서울 데리고 간 적 있어요?"

엄마의 대답은 단호했다.

"없어."

"비치볼 가지고 재롱을 피우던 물개를 보여준 적 있어요?"

"먹고 살기도 바쁜데 그런 걸 보러 다닐 틈이 어디 있어. 넌 왜 그런 엉뚱한 소리를 하는지 모르겠다."

엄마는 주영이 상상 속에 산다고 종종 핀잔을 주었다. 그것은 빨리 어른이 되지 못한다는 의미였고 현실을 살아가는데 도움이 되지 않는 망상 따윈 빨리 버리라는 나무람이었다.

그래서 주영은 온종일 만들어낸 '생각'들을 꽁꽁 동여매 머 릿속에 있는 서랍 속에 감췄다. 그 서랍은 아무도 없는, 주영 혼자만의 시간에만 열렸다. 그 서랍 제일 밑에 들어가야 할 물개는 오랫동안 찾을 수 없었다.

주영은 수시로 그의 물개를 떠올렸다. 예쁜 비치볼의 색깔 까지 선명한. 그 비치볼을 던지고 받던 물개. 그것은 살아오 는 동안 그가 기억하는 가장 아름답고 신비스러운 장면이었 다. 넋이 빠져 물개의 움직임 하나하나를 머릿속에 꼭꼭 새기 는 주영 자신의 모습도 볼 수 있었다. 그러나 서랍 속에 넣을 수는 없었다.

물개가 들어있지 않은 서랍 속에는 그다음 것들도 제자리를 잡을 수 없었다. 서랍을 여는 것에 죄책감이 느껴지기 시작했 다. 열어보는 시간이 줄어들어갔다. 어쩌다 열려고 하면 서랍 은 끼익 기분 나쁜 소리를 내며 버텼다.

언제까지나 젊을 것 같던 엄마도 어느 듯 여든을 훌쩍 넘긴 노인이 되었다. 현실에서만 살던 엄마는 나이가 들어가면서 점점 과거 속으로 들어가기 시작했다. 어쩌면 엄마가 돌아가 고자 하는 그 과거 속에 과거에서 길을 잃고 있는 주영의 물 개가 기다리고 있을지 모른다는 생각이 들었다.

주영은 물개를 찾기 위해 잠겨있는 엄마의 기억의 문을 열기로 했다. 그 문의 열쇠는 오래전에 죽은 아빠였다.

"엄마, 아빠의 그 여자, 예뻤어?"

"예쁘긴 뭐가 예뻐! 여우같이 생긴 년!"

금기어였던 한 여자를 거론하자 엄마의 음성이 높아졌다. 엄마가 보여준 과도한 반응으로 주영은 엄마가 여우같이 생긴 그 여자를 본 적 있었다는 걸 확신했다.

"엄마가 그 여자 집을 찾아간 적 있지?"

"내가 그 년 집을 왜 가!"

"그 여자 서울에서 살지?"

"누가 그런 소리를 해!"

"아무도 말해주지 않았어. 그냥 알아."

아무에게도 들은 적 없지만, 주영은 그 여자가 서울에서 산다고 생각하고 있었다. 엄마는 오랜 세월 동안 꽁꽁 닫아둔 문을 쉽게 열지 않았다. 주영은 그 문을 계속 두드렸다.

"엄마가 서울을 갈 때 나도 데리고 갔어?"

"……"

"아주 어렸을 거 아냐. 그런데 어떻게 데리고 갔어?"

후유~

갑자기 엄마가 긴 한숨을 내뱉었다. 엄마의 음성이 갑자기 푹 가라앉았다.

"하나는 업고 하나는 걸리고……. 지금 생각해도 눈물 난다."

주영은 속으로 만세!를 외쳤다. 엄마는 마침내 문을 열기 시작했다. 엄마는 오래전 서울을 간 적이 있다. 엄마의 아이들도 데리고 갔다!

하지만 주영은 내색하지 않았다. 마당에 뿌려둔 나락을 주워 먹으러 모여든 참새를 잡듯 살금살금 조심스레 접근해야 한다. 엄마의 기억이 놀라서 날아 가버리기 전에.

"서울 처음 갔으니 서울 구경도 했겠네?"

"거길 내가 놀러 갔냐? 그럴 정신이 어디 있어."

"그래도 촌사람이 그 먼 서울까지 갔는데 그냥 왔겠어? 요즘 외국 가는 거보다 더 힘든 걸음인데. 애도 둘이나 딸렸고 하루 만에 돌아오지도 못했을 테니 여관 같은 데서 하룻밤은 잤을 테고."

"……."

"창경원을 가지 않았을까? 그 시절에 촌사람이 서울 가면 창경원 구경만큼은 꼭 했다던데."

"창경원?"

뜬금없다는 듯 코웃음 쳤지만 엄마는 생각하기 시작했다. 주영은 두근대며 잠긴 기억의 문을 열고 있는 엄마의 입만 기다렸다. 그 속에서 주영의 물개도 점점 모습을 나타내고 있었다.

"그래, 어딘가 가긴 했던 거 같아. 문전박대 당하고 그대로 돌아오기는 너무 억울하고 기가 막혔거든."

자, 이제 다 왔다. 장막 하나만 걷으면 그 뒤에 주영의 물개가 비치볼을 던지며 기다리고 있을 것이다.

"엄마가 간 곳은 분명 창경원이었어!"

"글쎄…… 그랬나……"

"그때 동물들을 본 기억 나지 않아요?"

"네가 그렇게 물어대니 본 거 같기도 하고."

이제 엄마가 던진 공을 주영이 받아들여야 할 때다.

"엄마 나 그때 물개를 보았던 거 같아."

"뭐?"

엄마가 눈을 크게 떴다. 하지만 처음으로 주영의 기억을 부정하지 않았다. 그러기에는 엄마가 못 깨닫는 동안 너무 멀리까지 온 것이다. 대신 갸우뚱 믿을 수 없다는 표정을 지었다.

"그럴 리가 있나. 그러면 네가 돌이 갓 지났을 텐데……. 내 등에 업혔던 건 너였거든."

마침내 주영은 자신을 찾은 것이다.

주영의 첫 번째 기억이 잘못된 것이라고 했을 때 마치 존재를 인정받지 못하는 것처럼 혼란스러웠고 허방을 닫고 있는 듯 허허로웠다. 그 고개를 넘어서지 못했으므로 그 이후의 것들에 대해서도 자신이 없었다. 그것은 바로 '주영'의 출발이었기 때문이었다.

"왜 지금까지 내가 서울 간 적 있느냐고 물었을 때 엉뚱한 소리 하지 말라며 혼을 냈어?"

"등에 업힌 아기가 그때를 기억하고 있을 거라고 어떻게 생각하겠어."

"그래도 한 번쯤은 귀 기울여 들어줄 수도 있었잖아."

"난 내가 서울을 갔었다는 사실조차 잊어버리고 살았다."

잊고 싶었겠지. 그 여자의 존재를 잊어버리듯이. 아버지는 주영 모녀들을 버리고 그 여자에게로 갔다. 그러나 아버지는 얼마 있지 않아 엄마에게로 돌아왔다. 그후 아버지는 병석에 누운 초라한 모습만 주영의 기억 속에 남겨놓고 죽었다. 이젠 그 얼굴조차 잊었다.

엄마의 등에 업혀 만났을 그 여자는 주영의 기억에 없다. 주영의 머릿속에 남은 건 비치볼을 던지던 물개뿐이다. 엄마가 서울에서의 기억을 지워버리는 동안 머릿속 물개를 찾지 못한 주영은 얼마나 오랫동안 혼란스러웠던가.

이제 주영은 오랫동안 닫혀 끼익 대는 서랍을 연다. 그리고 제일 첫 번째 칸에 주영의 물개를 넣는다. 예쁜 비치공도 같이.

4부

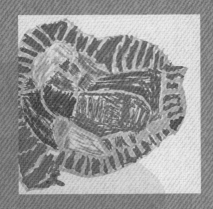

새가 되고 싶은데 날개가 없어

코로나 19가 2.5단계로 격상되면서 아이는 집에 머물고 있다. 아들, 며느리가 맞벌이이므로 어린이집의 긴급 보육이 가능하기는 했지만 2단계로 내려올 때까지는 경옥이 돌보기로 했다.

어린이집에서 선생님과 친구들을 만나는 걸 무척 좋아하던 아이는 방학이라서 당분간 못 간다고 했더니 시무룩해졌다. 며칠 째 집안에 갇혀 경옥의 얼굴만 보고 지내는 시간을 아이는 갑갑해했다.

놀이터에라도 데리고 가려고 외출 준비를 했다. 신발을 신자 아이는 현관 입구에 비치해둔 마스크부터 찾았다. 태어나 아이가 외출이 가능 할 무렵부터 시작된 코로나 팬데믹, 아이가 아는 세상에는 외출 시 신발을 신는 것만큼 마스크를 쓰는 게 당연했다.

놀이터에는 아무도 없었다. 대신 바람과 맑은 하늘, 흐르는 공기가 아이를 기다리고 있었다. 벽으로 막힌 공간에서 놓여난 아이가 폴짝폴짝 뛰었다. 두 팔을 벌렸다. 그리고 종알댔다.

"새가 되고 싶은 데 날개가 없어."

아이 입에서 흘러나온 아름다운 언어에 경옥이 깜짝 놀라는 동안 아이는 새가 되었다. 아이의 팔은 날개가 되어 펼쳐졌다. 날지 못하는 작은 새는 종종대며 뛰어다녔다. 놀이터를 벗어나 동네를 달리는 아이의 뒤로는 푸른 하늘이 펼쳐져 있었다.

이따금 바람이 불었다. 맑고 깨끗한 바람이었다. 하지만 아이는 신선한 공기를 마실 수 없었다. 바깥세상을 차단하는 하얀 마스크는 새가 된 아이의 부리였다. 하얀 마스크 부리를 단 작은 새는 날개를 휘저으며 총총총 달렸다. 간혹 보이는 사람들도 저마다 하얀 마스크 부리를 달고 있었다. 사람들은 서로 마주치기를 겁냈다. 거리가 가까워지면 흠칫 놀라 멀어져 갔다.

다행히 아이는 사람들이 서로를 무서워하는 세상에서 살고 있다는 것까지는 모르고 있었다. 땅을 발로 디딜 수 있는 작은 자유와 달릴 수 있다는 사실만으로도 아이는 행복해했다.

아이가 땅에 발을 딛는 기쁨을 알기 시작했던 작년에도 아이는 하얀 부리를 달고 있었다. 그때 세상은 온통 회색빛이었고 숨을 쉬면 먼지들이 폐 안으로 같이 따라 들어왔다. 인간들 탐욕의 결과로 만들어진 먼지들을 받아들이기엔 아이의 작은 폐는 너무 여리고 약했다.

마스크를 쓰지 않으면 집 밖을 나갈 수 없는 날들이 점점 더 많아지던 어느 날 코로나19라는 세계적 팬데믹이 터졌다. 기계가 멈추고 인간들이 숨을 죽였다. 그리고 하늘이 다시 맑아졌다. 하늘색이 파랗다는 것을 알지 못했던 아이는 이제 하늘을 그리기 위해 파란색을 든다. 대신 사람들 입에 하얀 부리를 그릴지 모른다.

아이가 푸른 하늘을 향해 활짝 날개를 폈다. 나풀대는 아이의 치맛자락이 새 깃털처럼 휘날렸다.

아이야, 훨훨 날아올라라. 마스크도 없고 사람들을 만나면 다정하게 인사를 나누고 손 소독제를 뿌리지 않고 마음 편히 체온을 나눌 수 있는 그날을 향해.

자가 격리

　- 여보! 뭐해. 목마르다니까!

　메시지를 재차 보냈다. 읽은 표시는 있는데 대답이 없었다. 효경은 다시 문자메시지를 보냈다.

　- 내가 나가서 가져올게.

　부러 문손잡이 돌리는 소리를 크게 냈다. 카톡! 급히 답이 왔다.

　- 기다려! 가져다 줄 테니.

　잠시 후 또 메시지가 들어왔다.

　- 문 앞에 있어.

　방문을 열어보니 문 앞에 페트 물병이 하나 놓여 있었다. 남편은 거실에 멀찌감치 서서 지켜보고 있었다.

　"고마워."

　남편은 대답 대신 미간을 좁히고 입술을 앙다물었다. 남편 속이 증기 보일러처럼 끓어 터지기 직전이라는 신호였다. 신혼 때 그런 표정으로 고함을 지르던 남편에게 맞아 눈두덩이 퍼렇게 멍든 적이 있었다.

같이 살고 있던 시어머니는 말리긴 커녕, '맞을 만 했으니 맞았지. 여자가 어딜 감히 남자에게 대들어,'라고 남편의 폭력을 정당화해주면서 효경의 자존감을 무너뜨렸다. 딸아이가 태어나고 시어머니가 돌아가시고 피차 나이가 들면서 폭력은 사라졌지만 욱하는 성격까지 완전히 없어진 건 아니었다.

 귀퉁이가 날아간 거실 탁자가 보였다. 남편의 분노 수위가 올라가고 있었음에도 효경의 감정을 끊지 못해 계속 퍼붓다가 폭발해버린 남편의 흔적이었다.

 중국 우한에서 시작된 신종폐렴 코로나19 때문에 남편이 출강하던 문화센터가 예방 차원에서 폐강된 후, 남편은 대부분의 시간을 집에 머물러 있었다. 매일 세끼 차려내는 밥상도 힘든데 남편은 반찬 투정까지 보태 효경을 힘들게 했다. 소파와 한 몸이 되어 텔레비전을 보며 물 떠와라, 커피 타 와라, 술안주 내와라, 연방 부려먹는 데 마침내 효경의 인내심도 한계에 도달했다.

 효경은 화를 내는 동시에 다다다…… 차곡차곡 쌓였던 묵은 울분까지 토해냈다. 남편은 눈을 부라리며 금방이라도 주먹을 날릴 듯 공포분위기를 조성했지만 그 정도에 두려움을 느낄 나이는 지났다. 더 세게 몰아붙이자 잠시 밀리는 듯하던 남편이 에이 씨! 욕지기와 함께 들고 있던 티브이 리모컨을 힘껏 집어던졌다.

리모컨은 나무 탁자에 정통으로 맞았다. 얼마나 큰 분노를 담았는지 탁자가 움푹 패고 귀퉁이 일부 나무 조각이 부서져 나갔다. 순간 남편도 놀라 움찔하였지만 효경은 마치 자신이 맞아 살이 찢긴 듯 충격을 받았다.

결혼하고는 처음으로 가출을 감행했다. 오리털점퍼만 걸치고 무작정 나왔다. 막상 갈만한 곳이 없었다. 시장 갔다 온 뒤라 다행히 주머니에 얼마간의 돈과 카드가 있었다. 효경은 서울역으로 나가 기차를 타고 얼마 전 결혼한 딸이 살고 있는 대구로 향했다.

별안간 들이닥친 효경을 보고 딸과 사위는 의아해했다. 놀러왔다고 해봐야 집에서 나온 부스스한 차림 그대로를 보고 속을 리도 없어서 사실대로 말했다. 딸과 사위는 때늦은 사랑싸움쯤 여겨 심각하게 받아들여주질 않았다. 딸은 남편에게 전화를 했다. 엄마가 여기 있으니 걱정하지 말라고 하는 딸의 말에 이어 남편의 목소리가 전화기를 뚫고 들렸다.

"네 엄마 당장 올라와 사과하라고 해라. 안 그러면 이혼이다!"

그 순간 딸이 발끈했다.

"아빠야말로 사과해! 아빠가 한 건 가정폭력이라고. 이혼당할 사람은 엄마가 아니라 아빠야!"

공부를 잘해 의대까지 간 딸이었다. 늘 자기 닮았다고 주장하며 끔찍스레 귀여워하던 딸의 공격에 당황한 건지 전화기 너머가 조용해졌다. 전화를 끊은 딸은 적극적으로 효경의 편이 되었다.

"당분간 돌아가지 마. 이참에 엄마가 얼마나 소중한 사람인지 깨닫게 해주게. 그러려면 아빠가 고생을 좀 해봐야 해."

다른 이유로 사위도 서울행을 막았다.

"코로나19도 피할 겸 온 김에 푹 쉬었다가 서울이 좀 잠잠해지면 가세요. 전국적으로 매일 새로운 확진자가 나타나고 있는 중이지만 대구는 아직 청정지역이잖아요."

대학병원에 근무하는 딸과 사위가 모두 나간 뒤 빈집에 홀로 남았다. 할 일이 없으니 생각만 많아졌다. 이혼도 생각해 보았다. 이 나이에 홀로서기 한다는 게 처음에는 두려웠는데 시간이 지나니 안 될 것도 없을 거 같았다. 몸도 건강하니 무얼 해도 살 수 있을 거 같았다. 재산의 반도 챙겨 나올 것이다. 이혼 후 힘들어 할 남편의 모습은 상상만으로도 통쾌했다. 물 한번 제 손으로 떠먹지 않던 사람이 밥인들 제대로 챙겨 먹을까.

하루가 지루하고 더디 갔다. 텔레비전과 이야기하고 청소하고 빨래하고 밥하는 거 외엔 할 일도 없었다. 시장도 가보고 백화점도 나가봤지만 흥미가 없었다. 공원을 가도 이월이라 아직 꽃도 피지 않아 볼만한 풍경도 없었고 준비해온 옷이 없어서 딸애 옷을 빌려 입고 다니니 차림도 불편했다. 한 때 화가도 꿈꾸었고 시도 끄적일 만큼 감성이라면 누구에게도 지지 않았는데 어느새 이렇게 되었나. 쓸쓸하기도 했다.

유일한 즐거움은 효경이 준비해둔 저녁을 맛있게 먹는 사위와 딸을 보는 것이었다. 밥을 먹고 나자 그릇을 챙겨 설거지를 시작하는 사람은 사위였다. 설거지통에 손을 집어넣고 있는 사위를 보기 편치 않았다. 딸을 나무라자 사위가 아니라고 손을 내저었다.

"전 같이 집안일을 하는 게 재미있어요. 게다가 이번 주 설거지는 제 차례인 걸요."

차라리 효경이 하겠다고 일어서자, 막으며 딸이 핀잔을 주었다.

"집안일은 왜 무조건 여자가 해야 한다고 생각해? 가만 보면 엄마 잘못도 커. 아빠를 혼자서는 아무 것도 못하게 만든 사람은 엄마니까. 엄마는 생활의 즐거움을 아빠에게서 빼앗았던 거라고. 그러고는 이제 와서 억울해 하지."

"그건 네 세대에나 통하는 이야기지. 우리 땐 그렇질 못했어."

"그때도 다 엄마처럼 살진 않았어."

딸과의 대화는 자꾸 엇나갔고 말을 할수록 자존심만 상했다. 사위는 내 집처럼 편히 지내라고 말했지만 '내 집인 것'과 '인 것처럼'과도 많은 차이가 있었다.

대구에서는 사흘밖에 머물지 못했다. 불편해서가 아니었다. 대구에서도 결국 확진자가 나타났기 때문이었다. 전국에서는 31번째라는 확진자가 나타난 다음 날 대구 경북 지역에서 폭발적인 바이러스 감염 확진자가 나타났다. 딸과 사위는 본격적인 창궐이 시작되는 신호일지 모른다며 서울로 돌아가라고 했다.

"그렇다면 너희들이 더 위험한 거 아냐? 늘 환자들을 만나는데 그러다가 확진자에게 감염될 수도 있잖아."

"우린 의사야. 어려움에 처한 환자를 돌보는 건 우리들의 의무이고. 엄마는 우리한테 마음 쓰지 말고 아빠를 챙겨줘, 아빠 당뇨에 고혈압이 있잖아. 그런 기저질환이 있는 사람이 바이러스에 감염되었을 때 치명적이 될 수 있어."

"중국 우한을 보니 의사나 간호사들이 밀려드는 환자들 땜에 쉴 틈도 없고 위험에도 노출되어 있더라. 이왕 온 거 내가 옆에서 너희들 식사라도 챙겨줄게."

"엄마가 옆에 있으면 신경이 쓰여. 가주는 게 나아."

딸은 매정할 만큼 잘라버렸다. 딸이 시키는 대로 마스크를 끼고 서울행 기차를 탔다. 딸 내외가 걱정도 되었지만 집에 돌아갈 수 있는 명분이 생긴 걸 은근히 반기는 마음도 있었다. 서울역에서 내려 막 택시를 타는데 딸에게 전화가 왔다.

"엄마 잠복기 십사 일간은 집에서 자가 격리 해. 대구에서 이곳저곳 다녔다고 했잖아. 그러다 드러나지 않은 환자랑 마주쳤을 수도 있어. 어떤 환자들과 접촉했는지 모르는 우리랑 같이 있었고. 여기 상황이 워낙 심각하니 엄마도 안심할 수 없어. 아빠와도 접촉하면 안 돼. 내가 아빠한테 자가 격리에 대해 자세히 설명해둘게."

어릴 때부터 유난히 돈독하던 부녀 사이였다. 효경을 걱정하는 게 아니라 혹시 아빠에게 감염시킬까 걱정하는 것처럼 들렸고 서울로 돌려보낸 것도 아빠가 걱정되어서였구나, 살짝 꼬인 마음도 들었다.

"엄마가 안방을 쓰는 게 좋을 거야. 화장실이 딸려있으니. 아빠에게 체온계, 비누, 소독제, 마스크도 충분히 준비해두라고 할께. 방안에 전자레인지하고 커피포트를 들여놓고. 즉석밥이나 군것질거리, 요리하지 않고 먹을 수 있는 음식 같은 것들도. 이 주간은 집밖 출입하지 말고 방도 안 나간다고 생각해. 아빠와 이야기를 할 일이 있어도 최소한 이미터는 떨어져서 이야기하고. 또……."

딸이 말하는 구체적인 자가 격리 방법을 듣자 긴장과 함께 조금씩 현실감이 느껴졌다.

서울에 도착한 즉시 자가 격리가 시작되었다.

남편은 자기와 마주치지 않아야 한다는 수칙은 철저히 지켰다. 하지만 식사 준비나 청소 빨래 같은 집안일은 여전히 효경의 몫이라고 생각했다. 외출금지인 효경 대신 시장을 가거나 세탁소 출입한 것만도 남편으로서는 낯선 경험이겠지만 부엌에 던져놓은 찬거리들을 보니 짜증이 났다. 죄다 손 많이 가는 거 밖에 없었고 부엌일을 해본 적 없던 사람이라 중구난방이었다.

엄청난 양의 쪽파를 보니 언제 저걸 다듬나 한숨이 났는데 파김치 담으려니 마늘이나 액젓이 없었고 전을 부치자니 부침

가루가 없었다. 육개장이 먹고 싶다며 소고기도 사왔지만 무나 파를 비롯한 부재료는 없었다. 그러면서 자기가 마실 맥주나 땅콩, 마른 오징어 같은 안주들은 빠짐없이 잘 챙겼다.

효경은 널브러진 재료들을 정리해 다듬고 씻어서, 있으면 있는 대로 없으면 없는 대로 음식을 만들었다. 집도 깨끗이 청소하고 밀린 빨래도 했다. 그런 후 방으로 들어가 남편에게 문자를 보냈다.

— 식사준비 다해됐으니 드슈.

반쯤 열어둔 문을 통해 남편이 방에서 나오는 걸 보며 다시 문자를 보냈다.

— 참, 집안을 전체 다 소독해야 할 거야. 청소를 하느라 손 안 댄 데가 없어서 그래. 그러고 보니 음식들도 그러네. 밥솥에 든 밥은 뜨거우니 괜찮겠지만 다른 것들은 어떨까 걱정돼. 나물은 손으로 무쳤고 다른 음식들도 간을 봐가며 만들었어. 그릇들도 전부 손댔어. 그동안 먹은 그릇들을 하나도 씻지 않고 잔뜩 모아 두었기에 설거지부터 했거든.

식탁에 앉아 숟가락을 들면서 문자를 보던 남편이 주춤 손을 멈추었다. 그리고 효경을 향해 고함을 질렀다.

"왜 고무장갑을 끼지 않았어!"

"당신이 늘 나물은 손맛이라고 했잖아. 그리고 비닐이나 고무장갑도 마찬가지야. 그걸 끼려면 결국 내 손을 써야 하거든. 그렇다고 알코올로 닦은 장갑으로 음식을 만들 수도 없고."

에잇! 툴툴대며 남편은 벌떡 일어나 나가버렸다. 남편이 나간 후 효경은 밖으로 나와 자신이 만든 음식들을 맛있게 먹었다.

밖에서 식사를 하고 돌아온 남편은 알코올, 솜, 부직포 걸레, 베이킹 소다 등 청소도구를 잔뜩 사와 결혼 후 처음으로 혼자서 대청소했다. 알코올로 구석구석 닦고 식기는 삶고. 딸만큼 완벽주의자인 남편은 딸에게 전화하거나 효경에게 물으며 밤늦게까지 집안일을 했다. 효경은 문자로 열심히 집안일을 가르쳐주었다.

이후 남편은 효경에게 아무 것도 시키지 않았지만 처음부터 효경 심부름까지 들어준 건 아니었다. 물을 달라고 했을 때 직접 가져다 먹으라고 소리를 질렀다. 효경은 문자를 보냈다.

– 알았어. 나, 나갑니다.

효경은 냉장고 속에서 물병을 꺼내 들고 갔다. 그리고 다시 문자를 보냈다.

– 냉장고 소독을 해야 될 거야. 내가 손대서 바이러스가 묻어 있을 수 있으니. 아, 내가 맨발로 나가서 발 딛은 곳도 그럴 수 있겠네. 마루도 소독하는 게 안전할 거야.

결벽증이 있는 남편은 그날 다시 온 집안 소독을 해야 했다. 효경이 방 밖을 나가게 하는 거 보다 차라리 요구를 들어주는 게 더 낫다는 걸 깨달은 남편은 그 이후 효경의 심부름을 군말 없이 들어주었다.

식사는 주로 외식을 했는데 돌아오면 효경에게 포장 음식을 방문 앞에 두기도 했다. 직접 밥을 하기도 했다. 그럴 때면 효경은 방문을 반쯤 열어두고 남편의 요리를 코치했다.

대구에 있는 딸 내외가 걱정되었다. 몇 번이나 전화 한 후에 딸과 연결이 되었다. 우린 건강하다고 하니 딸은 대구는 전쟁터라고 무겁게 말했다.

"어제 내 환자가 한 명 죽었어. 아빠 나이인데 아빠처럼 당뇨와 고혈압이 있었어. 죽음과 삶의 거리가 너무나 가까워. 더 무서운 건 가장 가까운 사람부터 감염시키게 되는 무증상 감염이야. 그러니 엄마, 자가 격리를 꼭 지키고 아빠도 웬만하면 바깥출입 피하시라고 해."

갑갑하긴 하지만 생활은 불편하지 않았다. 화장실도 딸려 있고 효경이 살아갈 수 있는 최소한의 것들이 방안에 구비되어 있었다. 그림도 그려보고 시 비슷한 것도 긁적였다. 휴대폰으로 영화나 유튜브도 보았고 아무 때나 친구와 수다도 떨었다. 피자나 치킨처럼 먹고 싶은 건 핸드폰으로 주문했고 남편이 받아다 효경 방문 앞에 가져다주었다. 고분고분 말을 들어주는 남편을 부려먹는 즐거움도 있었다.

효경에게 안방을 뺏긴 후 남편은 거실 소파에서 생활하고 있었다. 그래서 안방 문만 열면 남편을 볼 수 있었다. 남편은 늘 텔레비전을 보고 있었는데 코로나 관련 뉴스가 아니면 한

창 인기 있는 트로트경연 무대였다. 텔레비전을 보며 맥주잔을 기울이고 있는 남편을 보면 혼자 자유를 만끽하는 모습이 얄밉기도 했지만 방문을 열었을 때 남편의 모습이 보이지 않으면 불안했다.

자가 격리 기간이 끝날 날이 가까워지니 더 좀이 쑤시고 따분했다.

밖이 조용해서 방문을 살짝 열어보니 남편은 이불까지 덮은 채 소파에 누워 눈을 감고 있었다. 맨날 시끄럽던 텔레비전도 켜져 있지 않았다. 심심해진 효경은 문자를 보냈다.

– 책 하나 갖다 줄래? 제목은 '혼자서도 행복하게 살 수 있다', 책꽂이에 꽂혀있을 거야.

사실 그런 제목의 책은 없었다. 그 책 제목의 의미를 생각하며 열심히 책장을 뒤질 남편을 생각하며 혼자 킥킥댔는데 한참동안 답이 없었다.

"여보!"

방문을 열고 소리치자 남편이 느릿느릿 고개를 돌려 효경을 보았다.

"문자 보낸 거 좀 봐!"

남편은 천천히 팔을 뻗어 탁자 위의 휴대폰을 들었다. 메시지를 본 남편이 힘없이 말했다.

"나 좀 쉬게 해줘. 온 몸이 쑤셔."

안 하던 집안일에 효경 시중까지 들어주느라 몸살이 났나.

살짝 미안해지는 순간 남편이 쿨룩대며 기침을 했다. 거실에서 자더니 결국 감기에 걸렸구나. 열이 있는지 체온을 재보라고 하려다 생각하니 체온계는 효경이 가지고 있었다. 남편이 중얼대듯 말했다.

"목이 따가워."

어쩐지 효경도 머리도 아프고 목도 따가운 거 같았다. 효경은 체온계를 귀에 꽂아 체온을 재어보았다. 37.1. 다시 재니 36.9도였다. 정상체온으로 봐야 하나? 아닌가?

체온계를 들고 방문 밖으로 나갔다. 쿨럭쿨럭, 효경은 눈감은 채 얇은 담요를 둘둘 말고 웅크린 채 기침을 하는 남편을 내려다보았다. 염색할 때가 지난 회백색의 머리카락이 불길하게 흔들렸다. 광대뼈가 도드라진 옆얼굴이 그새 많이 말라 보였다. 거실은 썰렁했다. 방을 두고 굳이 거실에서 생활했던 남편은 효경의 건강상태를 늘 확인하기 위해서가 아니었을까, 라는 생각이 문득 들었다.

체온계를 내밀려다 손을 멈추었다. 딸의 말이 떠올랐다.

아빠 같은 기저질환 있는 사람이 가장 위험해. 그러니 아빠와는 2미터 이상 거리를 둬. 무증상환자는 가까운 사람부터 감염시키니까.

남편이 천천히 눈을 떴다. 눈이 충혈 되어 있었다.

"가까이 오지 마. 혹시 감염됐을지 몰라. 신문에서 본 코로나 증상하고 비슷한 거 같아."

철렁, 심장이 떨어졌다, 코로나라니! 돌아서지도, 다가가지도 못한 채 서있는데 남편이 다시 기침을 했다. 쿨럭쿨럭,

효경은 손에 들린 체온계의 36.9 숫자를 먹먹하게 내려다보았다.

확진자

식사를 두었으니 가지고 가라는 방송이 들렸다. 마스크를 끼고 방문을 열자 방문 앞 식사대 위에 도시락이 놓여 있었다. 불고기에 샐러드가 곁들인 하얀 쌀밥, 김치, 편의점 도시락인 거 같은데 내용은 알찬 편이었다.

방에 들고 들어와 탁자 위에 올리자 창밖에 흩뿌리는 눈이 보였다. 준규는 열지 못하게 고정된 창문 밖을 내다보며 중얼댔다.

눈이 오면 눈사람을 만들어주겠다고 아이에게 약속했었는데…….

아이는 지금 양평에 있는 준규 어머니 집에 가있다.

종일 보채며 엄마 아빠를 찾는 아이 때문에 어머니는 매우 힘들어하고 있었다. 이제 겨우 두 돌이 지난 아기는 왜 갑자기 부모가 사라졌는지, 왜 혼자서 시골에 내려와 살아야 하는지 알 리가 없다. 힘들어하는 어머니에게 준규는 말했다.

"핸드폰을 주세요."

돌 지나서부터 아이는 유튜브에 맡겨졌다. 말도 제대로 하지 못하는 아기가 유튜브의 반짝대는 불빛에 넋을 잃고 있는 것을 보았을 때 준규는 처음에는 많이 화를 냈다.

아내는 아이의 조그마한 손에 휴대폰을 들려주는 방법으로 육아를 했다. 집은 늘 어지러웠고 퇴근 후 문을 열고 들어서 보면 치킨이나 짜장면 같은 것을 먹은 배달음식 빈 포장지가 굴러다니고 있었다.

집안 곳곳에 아이의 장난감이 뒹굴었고 손바닥으로 쓸어보면 여기저기 먼지가 묻어 나왔다.

준규는 도시락 뚜껑을 열었다. 젓가락을 들고 맛도 알 수 없는 음식들을 위장 속으로 억지로 밀어 넣기 시작했다.

미각을 잃어버리고도 먹는 행위는, 생존 그 이상 아무 것도 아니지만 그는 건강을 되찾아야만 했다. 아내는 준규의 미각이 사라진 걸 더 반길지도 모른다. 음식 타박을 하면 아내는 짜증을 내곤 했다.

"왜 이리 까다롭게 굴어. 그냥 좀 먹어주면 안 돼?"

"종일 일하고 왔는데 저녁 밥 하나 제대로 먹고 싶다는 게 까다로운 거야?"

아내가 차려주는 밥상은 맛이 있고 없고를 떠나 성의가 하나도 보이지 않았다. 생선은 태우기 일쑤였고 콩나물무침은 짜거나 밍밍하거나 했다. 동네 반찬가게에서 사 온 반찬들은 대체로 달고 들큼해서 금방 물렸다. 홈쇼핑에서 샀다는 김치가 겨우 먹을 만한 정도였다.

준규가 퇴근하고 나면 아내는 그나마 돌보던 아이를 완전히 맡겨버리고 침대로 들어가 버렸다. 집에 들어오기 싫은 준규의 퇴근시간은 점점 더 늦어지질 수밖에 없었다. 출장 갈 일이 있으면 가장 먼저 자청했다. 아내는 수시로 울거나 짜증을 냈고 말다툼이 점점 잦아졌다.

그 무렵 지방에서 살고 있는 누나가 왔다. 일이 있어 온 김에 잠깐 들렀다고 한 누나의 양손에는 아이의 옷이 한 보따리 들려있었다. 누나가 온다고 말을 해주었음에도 그날도 집안은 변함없이 어수선했다. 어지러운 집안과 설거지거리가 쌓인 부엌을 둘러보는 누나의 얼굴이 굳어졌다.

누나는 저녁을 사주겠다고 나가자고 했다. 누나가 데리고 간 곳은 분위기 좋은 고급식당이었다.

"너무 과용하는 거 아냐?"

준규는 걱정했지만 와인 잔을 비우는 아내의 얼굴은 모처럼 밝았다.

저녁을 먹은 후 누나는 바로 가겠다며 역까지 태워달라고 했다. 아내와 아이를 집에 먼저 내려다 주고 누나와 역으로 향했다.

"누나 미안해. 저 사람 요새 왜 저러는지 모르겠어."

준규는 사과와 함께 참고 있던 말들을 하소연했다.

집에 들어가기가 싫다고, 사는 재미가 없다고. 핸드폰과 인

스턴트 음식으로 키워지는 아이의 정서와 건강이 걱정된다고. 준규의 푸념을 들어주고 있던 누나는 준규가 예상하지 못한 대답을 했다.

"네 처 아픈 거 같아. 병원에 데리고 가 봐."

화가 나서 하는 소리인가 했는데 누나는 진지했다.

"우울증인 거 같아. 정신과 치료를 받는 게 좋을 거 같아. 더 깊어지면 치료가 더 힘들어져. 빨리 갔으면 좋겠어."

이해할 수가 없었다. 아내에겐 부족할 게 하나도 없었다. 집도 있었고 남들 다 겪는다는 시집 스트레스도 없었다. 준규 자신도 매우 가정적이라고 자부했다. 정작 힘든 사람은 누나였다. 누나는 매부가 일찍 죽어 한때 경제적으로도 많이 힘들어 했었다. 하지만 혼자 힘으로 두 명의 아이들을 키워냈다.

"도대체 왜? 힘들 일이라고는 하나도 없었는데."

"네 기준으로 이해하려고 들지 마. 감기를 왜 걸렸냐고 묻는 거와 같으니. 하지만 몸의 감기와 달리 마음의 감기는 가까운 사람의 도움이 절대적으로 필요해. 네가 네 처의 말을 귀담아 들어주고 마음을 달래줘야 할 거야. 내가 겪어봐서 알아."

그러나 병원에 가지 못했다. 며칠 후 준규가 코로나 확진자가 되어 생활치료센터로 갔기 때문이었다. 아내는 이틀 후에 양성반응이 나와 다른 생활치료센터로 갔다.

휴대폰 벨이 울렸다. 전화를 잡는데 갑자기 기침이 터져 나왔다. 준규는 한참 동안 기침을 했다. 가슴이 찢어질 듯 아팠다.

끈질기게 울리던 벨소리는 잠시 끊어졌다가 다시 울렸다. 간신히 기침이 잦아들자 준규는 전화를 받았다.

"숨이 막혀 죽을 거 같아."

아내가 흐느꼈다.

"오늘 체온은 몇 도였어?"

"열은 없어. 그래도 답답해. 질식할 거 같아."

아내는 열도 없고 기침도 하지 않았다. 하지만 코로나 감염을 막기 위해 갇혀 있어야 하는 이 상황이 아내에게는 코로나보다 더 위험할지 모른다. 역시 갇혀있는 준규는 아무것도 해줄 수 없다. 준규는 아내를 달래 진정시키려 애를 썼다.

"며칠만 더 참으면 돼. 풀려나면 뮤지컬도 보고 누나와 같던 그 레스토랑에 가자. 그리고……."

순간 다시 기침이 터져 나왔다. 준규는 아내에게 들리지 않게 얼른 수화기를 막았다. 쿨럭쿨럭. 기침하는 준규의 귀에 울먹대는 아내의 목소리가 흘러나오고 있었다.

"참을 수가 없어. 숨이 막혀. 미칠 거 같아."

아내의 하소연을 듣는 준규의 가슴은 찢어질 듯 했다. 실제인지 느낌인지 알 수 없는 죽을 만큼 숨이 막힌다는 아내의 말을 듣는 준규의 가슴은 실제인지 느낌인지 알 수 없는 통증으로 죽을 만큼 괴로웠다.

집

옛날 옛날 어느 골짜기에 사는 아가씨가 혼인을 하게 되었더래요. 부지런히 일해 알뜰히 모은 돈으로 새 기와집을 짓고 맞이한 혼사라 혼주는 기분이 으쓱 했겠지요. 친지들도 많이 왔지요.

신랑 측에서도 신랑을 비롯하여 신랑 가족들, 하인 등 신행객新行客들이 근 쉰 여 명이 왔더래요. 신랑이 신부 집에 가서 혼례를 올리고 한동안 그곳에서 살았기에 결혼을 '장가든다'라고 하던 시절이니까요.

성대한 혼례식이었던가 봐요. 소도 잡고 돼지도 잡아 마을 사람들 모두 오래간 만에 배불리 먹고 흥겨운 잔치에 모두 흐뭇해했다고 하니까요.

신랑 신부 마주 보고 절을 하고 혼인의 예를 갖추고 첫날밤도 맞이했지요. 그때가 초봄이었대요. 근데 갑자기 눈이 펑펑 오기 시작했대요. 탐스럽게 내리는 눈을 보고 사람들은 덕담들도 아끼지 않았지요.

― 혼인날 눈이 오면 부자 되는데 신랑 신부 부자로 살겠네.

그런데 이 춘설이 그칠 줄을 몰랐대요. 그러니 돌아가야 할 신행객들이 꼼짝없이 눈에 갇힐 수밖에요. 혼주는 체면이 목숨보다 더 중요했던 나름 양반 부스러기니 신행객들 대접을 소홀히 할 수가 없잖아요.

또 돼지를 잡았지요. 닭도 또 잡았고요.
악착스레 내리던 눈은 보름이 지나서야 겨우 그쳤대요. 그런데 폭설로 길이 막혀 버린 거예요. 제설 중장비도 없던 시절이니 일일이 사람 손으로 뚫든지 따뜻한 해님이 눈을 녹여 줄 때까지 기다릴 수밖에요.
그렇게 한 달이 지났어요. 그러는 동안 신부 집의 돼지우리, 닭장은 텅 비어버렸지요. 씨감자, 씨옥수수, 모두 사라지고 쌀독은 진작 바닥을 보여 동네 장리쌀을 얻어 메웠대요. 없어도 없다는 궁색한 소리 안 했대요. 굶어 죽을망정 이쑤시개로 이빨을 쑤시는 양반이 모양 빠지는 모습을 보일 수는 없잖아요.

거진 달 반이 되어서야 신행객들이 돌아갔대요. 살이 통통 오른 신행객들이 모두 돌아가고 나니 신부 집은 당장 그해 농사를 지을 씨나락 한 톨 남은 게 없었다나 봐요. 융통한 빚만 대추나무 연 걸리듯 걸려 여기저기서 빚 독촉만 성화이고요. 신행객들이 뜯어먹지 못해 남아있던 기와집 한 채도 결국 빚으로 빼앗겼나 봐요.

움막으로 이사 간 그 집은 다시는 일어서지 못했대요. 하루 한 끼 먹는 것도 힘겨워하며 가난에 허덕대며 살았다더군요. 유산은 남기지 못했지만 대대로 전해지는 유언은 있었대요.

– 빼앗긴 그 기와집을 되찾아다오.

그리고 반백년이 훨씬 지나, 마침내 그 유언이 이루어졌어요. 자손 중 한 명이 그 한 맺힌 집을 다시 샀다더군요.

그 후손은 자손들에게 물려주기 위해 낡은 집을 수리했지요. 그리고 옛날 옛날 신행객 대접하느라 집을 날렸던 웃픈 조상의 한을 이야기해주었어요.

그 후손이 우리 아버지예요.

그런데 평생 일을 해서 이루었던 소중한 기와집을 어이없이 잃고 한이 맺혀 눈도 못 감았다던 고조할아버님은 이 시골집이 얼마나 똥값이 됐는지 알게 된다면 한이 더 깊어지지는 않을까요?

할머니의 누룽지

솔가지에 불 부쳐 아궁이에 밀어 넣으면 희나리는 매운 연기를 뿜어내고 불땀 좋은 마른 나무는 활활 타오른다. 돌을 골라내고 쌀을 일어 넣은 무쇠 가마솥이 앗 뜨거, 앗 뜨거, 뚜껑을 들썩댄다. 할머니는 잉걸불 꺼내 남은 열기로 뭉근하게 뜸을 들인다.

이윽고 솥뚜껑이 열린다. 고소한 밥 냄새로 배고픈 아이들은 횟배가 동하지만 밥을 퍼내고 나면 가마솥 밑바닥에는 황금빛 누룽지가 남아있다. 나무 주걱으로 박박 긁는 할머니의 삭정이 같은 갈퀴손. 목을 빼놓고 지켜보던 손주들 손에 한 뭉치의 누룽지를 쥐어주며 할머니는 잇몸만 남은 입속을 드러내며 호호호 웃는다.

이제는 매운 연기도 없고 활활 타는 불꽃 없이도 버튼 하나 눌러 맛있는 밥을 만들어낸다.

그런데 가마솥 전기밥솥 밑바닥은 매끌매끌. 손주에게 쥐어 줄 누룽지가 없다.

또야와 바람

또야는 이제 다섯 살입니다. 궁금한 것도 신기한 것도 어쩌면 그렇게도 많은지요. 아침에 눈만 뜨면 또야는 묻습니다. 해는 어디서 뜨는 거야? 밤은 왜 어두워? 하늘은 왜 파래? 꽃은 왜 예뻐? 바람은 왜 불어?

엄마와 아빠는 숨 쉴 틈 없이 물어오는 또야의 질문에 한숨부터 쉽니다. 그리고 말하죠.

또야?

엄마는 대답합니다.

해는 아주 아주 먼 곳에서 뜨는 거야.

밤은 해가 져서 어두운 거고.

하늘이니까 파랗지.

꽃은 원래 예뻐.

그리고 바람은……

엄마가 슬슬 짜증을 냅니다.

이젠 아빠에게 물어봐. 난 설거지해야 돼.

엄마가 미루면 아빠도 일하러 가야 한다고 서둘러 나갑니다.

이웃 아줌마들이 집으로 놀러 오면 또야는 눈을 반짝이며 이야기를 듣습니다. 어른들은 또야가 알지 못하는 세상을 말하고 늘 새로운 언어로 이야기합니다. 알아들을 수 없는 이야기도 있고 알 수 있는 이야기들도 있지만 또야는 말들을 귀담아듣고 가슴속에 하나하나 차곡차곡 쌓아둡니다.

그래서 "치마를 입으면 '융통성' 있어서 시원해"라든지, "우리 강아지는 '개념'이야" 같은 어려운 단어도 곧잘 쓸 줄 알지요.

어른의 언어로 말하는 또야를 어른들은 대견해 하거나 깔깔 웃기도 합니다. 그럴 때면 으쓱해지기도 합니다.

오늘도 명희 아줌마가 놀러 왔습니다. 참 오래간만입니다. 엄마도 그랬나 봅니다.

왜 이리 얼굴 보기가 힘들어. 요새 어딜 그리 다니는 거야? 라고 말하는 것을 보니. 그런데 엄마의 그다음 말에 또야는 귀가 번쩍 뜨입니다.

바람이라도 난 거야?

보이지는 않지만, 옷자락을 스치고 지나가는 바람을 또야도 잘 압니다. 세상 곳곳을 마음대로 돌아다니는 바람을 부러워하기도 했습니다. 바람이 된다면 또야는 해가 뜨는 곳도 밤이 시작되는 곳도 가볼 수 있을 겁니다.

그런데 엄마는 바람이 부는 것이 아니라 난다고 했습니다.

그런 표현은 더욱 신비스럽습니다. 그렇게 쓸 수도 있는 엄마가 존경스럽습니다. 명희 아줌마는 하하, 유쾌하게 웃습니다.

그럴 능력이나 되었으면 얼마나 좋겠수.

명희 아줌마도 또야 만큼 바람이 나고 싶나 봅니다. 명희 아줌마가 가고 난 후 엄마와 점심을 먹는데 아빠가 들어옵니다.

출장 갈 일이 생겼어. 하룻밤 자고 올 거니 가방 좀 챙겨줘. 제주도야.

제주도는 비행기 타고 가는 거야?

또야가 묻습니다. 그림책에서 보아서 그 정도는 잘 압니다.

맞아, 네 아빠는 제주도 출장이 왜 이렇게 잦은지 몰라. 난 한 번도 데리고 가지 않고 말이야.

가방을 챙기며 엄마가 투덜댑니다.

오늘 배운 신비로운 단어를 말할 수 있는 좋은 기회입니다. 또야가 냉큼 말했습니다.

아빠 바람났나 봐.

그 순간 엄마와 아빠는 얼음땡 하는 것 같습니다. 갑자기 움직임을 멈추었습니다. 아빠는 엄마를 보고 엄마는 그런 아빠와 또야를 번갈아 보았습니다. 또야는 한 번 더 말했습니다.

아빠, 바람났다고오~

또야는 흐뭇해졌습니다. 아빠가 바람이 되면 얼마나 좋을까요. 그 순간 또야는 아앗! 작은 비명을 질렀습니다. 엄마가 또야의 뺨을 꼬집은 것입니다.

요요, 주둥이를 어떡하면 좋아.

놔둬, 애가 무얼 알고 한 소리겠어.

엄마의 나무람을 아빠가 말렸습니다.

또야는 억울했습니다. 그래서 아빠에게 응원을 청했습니다.

바람났다는 말 엄마가 했단 말이야.

엄마는 벌겋게 도깨비 같은 얼굴이 되어 이번에는 또야의 등짝을 사정없이 때렸습니다. 철썩! 등짝이 불에 덴 듯 화끈했습니다. 또야는 눈물이 핑 돌았습니다. 아빠 얼굴이 굳어 있었습니다. 또야는 아빠의 등 뒤로 숨었습니다. 아빠는 또야를 잡아 주지 않고 가만히 있었습니다. 엄마가 화가 나서 소리쳤습니다.

아무 말이나 함부로 쫑알대면 다 말인 줄 알아? 아무리 어려도 할 말이 있고 안 할 말이 있지.

그날 밤 울다 잠이 든 또야는 꿈속에서 바람이 되었습니다. 엄마가 또야를 잡으려고 두 손을 활짝 펼쳤습니다. 그러나 엄마의 손아귀 속에는 아무것도 남지 않았습니다. 또야는 바람이었으니까요. 또야는 꽃잎을 흔들고 지나갑니다. 파란 하늘로 올라가 구름도 이리저리 밀어봅니다.

제주도로 가는 비행기가 보입니다. 창문을 톡톡 치자 아빠가 놀란 얼굴이 됩니다. 이제 또야는 해 뜨는 곳과 밤이 시작되는 곳을 보러 갈 것입니다. 그래서 엄마 아빠가 물어오면 가르쳐 줄 것입니다.

귀찮아하지도 화내지도 않고 말입니다.

진짜 남자가 되는 법

남자는 자고로 군대를 다녀와야 사람이 되는 법이다. 그놈에게 전해라. 군대 빠질 궁리하지 말고 가라고. 군대 가지 않으면 난 이 결혼 절대 반대할 거라고.

내가 군대있을 때 말이야……. 이눔아, 내 말을 왜 막고 그래. 여자들이 가장 싫어하는 이야기가 군대서 축구하는 이야기라서 그런다고? 걱정 마. 군대 이야기는 몰라도 축구 이야기는 하지 않을 테니. 왜냐하면 난 군대서 축구를 해보지 못했거든.

이상하다고? 지금도 매일 조기축구회에 나가 주장까지 하는 사람이 왜 군대서는 안했냐고?

맞아, 나야 어디가든 주장 아니면 회장이지. 조기축구회뿐인가, 등산회에서도 회장이고 탁구, 볼링, 스키 등등, 만능 스포츠인으로 불렸던 적이 있었지.

그래, 너도 아빠가 좀 멋있다고 생각했다니 고맙다. 그건 말이야. 모두 군대서 배우고 다진 거야. 모름지기 남자란 군대 가야 비로소 진짜 남자가 되는 법이니까. 또 군대 이야기로 돌아간다고 삐죽대지 마라. 그러니 네 남자친구도 반드시 군대 짬밥을 먹어보라고 하는 이야기니까. 그래야 아빠처럼 멋있는 진짜 남자가 될 수 있다구. 안경잡이에 허여멀건 한 얼굴에 책만 들여다보는 샌님은 정말 내 취향은 아니다. 하지만 군대만 다녀오면 받아줄 수 있어.

근데 왜 군대시절 사진이 한 장도 없느냐고? 없긴 왜 없어. 여기 있잖아. 그건 증명사진이라고? 그래 어쨌든 증명은 할 수 있잖아.

어디서 군 생활했는지 궁금해? 나는 정말 빡세게 군 생활 했어. 지금도 생각하면 눈물이 날 정도니. 강원도 최전방에 비무장지대 쪽에서 했어. 와우~ 라고 소리치는구나.

제일 힘들었던 것이 뭔지 알아? 눈 치우는 거라고? 텔레비전에서 봤어? 그래 나도 봤다. 지겹긴 지겹겠더라. 근데 나는 눈은 한 번도 치워보지 않았다. 어떻게 그럴 수가 있냐고? 눈이 안 오는 최전방이 있냐고? 없겠지.

하지만 나는 눈보다 나무가 지겨웠다. 벌목을 해야 했거든. 웬 나무들이 그렇게도 굵고 빽빽하게 들어섰는지. 적이 침투해 오면 보이지 않는다고 그놈들을 다 잘라내야 했어. 그래 경치는 정말 끝내줬지. 아깝긴. 그곳이 너와 그놈처럼 데이트나 하는 곳인 줄 알아. 사느냐 죽느냐 목숨을 건 진짜 남자들만 있는 곳인데. 그래 듣기 싫다니 진짜 남자 소리는 이제 안 하마.

어쨌든 둘이서 한 조가 되어 톱질을 했어. 재미있을 거 같다고? 뭐 나무가 성냥개비 부러뜨리기인 줄 알아? 나무나 우리나 다 목숨을 건 전투였어. 물론 승리자는 대개 우리이긴 하지만.

왜 '대개'라는 표현을 썼냐고? 안 그럴 때도 있거든. 베어진 나무가 넘어지면서 하는 마지막 공격은 정말 위험해. 선임병은 다 자르지 말고 반 이상 잘리면 몸을 피해서 발로 차서 밀라고 가르치더군. 안 그러면 나무가 어디로 넘어질지 모른다고.

초짜들이 만용을 부리다가 종종 나무에 깔린다며 나무에 깔려 배가 터졌다는 둥, 뼈가 박살났다는 둥, 눈이 튀어 나왔다는 둥, 겁을 엄청 주더군.

하지만 너도 알다시피 내가 누구냐. 훈련병 시절부터 특등사수에 최우수 훈련병으로 표창장까지 받았던 내가 아니냐. 벌목 작업에서도 단연 두각을 나타냈지. 내 손에 걸리면 나무들이 모두 끽 소리도 못하고 나자빠질 수밖에 없지.

그런데 지금 생각해도 이해가 안 가는 일이 벌어졌어. 분명히 나의 반대 방향으로 넘어져야 할 나무가 무슨 심술이 났는지 뱅그르르 뒤돌아서 나를 향한 거야. 운동신경으로야 나를 따를 사람 없잖아. 듣기 거북하다니 미안하다. 내 자랑은 그만 하도록 하지.

어쨌든 날쌔게 몸은 피했는데 오른손이 깔려버렸어. 우와, 정말 고통스럽더구나. 뼈가 박살나고 눈이 튀어나온다는 게 그런 거였구나. 비로소 선임병 말이 실감 되었어.

즉시 병원으로 후송되었지. 즉시라 했지만 사실은 한참 걸렸어. 의무병이 대충 만들어준 부목을 목에 걸고 지프차 타고 비포장도로를 털털대며 육군병원까지 갔지. 헬리콥터? 야, 그 시절에 그런 게 어디 있어. 군바리 몸값보다 개 값이 더 비싸던 시절인데.

오른손 검지, 중지 뼈가 박살났더구나. 그나마 다행이라고? 처음에는 나도 그런 줄 알았어. 사고에 비해 피해가 적다고 다들 말했으니. 그런데 뼈가 아물어 중지는 움직이는데 검지는 말을 안 듣는 거야.

검사를 해보니 신경이 나갔더군. 쉽게 말하면 불구가 된 거야. 놀라긴. 그래도 겉보기는 멀쩡하잖아. 그러나 오른손 검지를 쓸 수 없다면 총도 쏠 수 없다는 거지. 군인으로는 아무 쓸모없다는 뜻이야.

육군병원에서 치료를 받던 중에 의가사제대가 될 거라는 통보를 받았지. 그래 맞아, 네 아버지 상이군인이다. 군 생활 얼마 했냐고? 그게 그러니까 훈련병시절을 빼면 한 달을 채웠나 못 채웠나……

어쨌든 그 소식을 듣던 날 이제 벌목작업을 안 해도 된다는 게 너무나 좋아서 풀쩍풀쩍 뛰었다. 네 말처럼 눈 치우는 거하고 벌목하고 어느 게 더 힘든 건지 알아볼 기회는 없어진 게 좀 아쉽긴 하지만 어쩌겠냐.

그날 밤에 몰래 감춰둔 소주 한 잔하고는 기분이 좋아서 기타를 쳤다. 휴게실에 기타가 있었거든. 내가 기타도 잘 치지 않나. 네 엄마가 내가 눈을 지그시 감고 기타 치는 모습에 반해서 시집왔다고 할 정도다.

그런데 벌컥 문이 열리더구나. 문 앞에는 간호장교가 서있더구나. 나는 너무 놀라 기타를 떨어뜨리고 벌떡 일어나 경례를 붙였다. 간호장교는 아무 말 없이 한참을 나를 노려보더니 쌩하니 찬바람을 일으키고 나가버렸다.

이제야 너도 눈치 챘구나. 오른손 검지를 사용할 수 없으면 기타를 칠 수가 없지. 내가 그동안 거짓말했냐고? 내 기타에 맹세코 그건 절대로 아니다. 내 손을 봐라 지금도 검지는 이상스레 뒤틀려있다. 처음은 분명히 신경이 죽었었어. 군에 와서 난데없이 불구자가 되었다는 사실에 괴로워하기도 했고. 엄마같은 그 간호장교는 그럴 때마다 나를 많이 위로해주었어.

그런데 의가사제대 이야기가 나올 때부터 서서히 신경이 살아나더라. 대한민국 의학의 승리인 거지. 그걸 부정하는 것은 의료계에 대한 모독이잖아.

그래서 도로 군대 갔느냐고? 흐흐흐, 아무 일 없이 예정대로 의가사제대 했어. 그 간호장교가 입을 다물어 준 거야. 내가 뒤따라가서 눈물 콧물 쥐어짜고 손이야 발이야 빌며 애원했거든.

진짜 남자라면서 그렇게 비굴할 수 있냐고 비웃지 마라. 군생활 한 달하고는 그렇게 군대타령이었냐고 눈 흘기지도 말고. 그 한 달은 다른 사람 이 년보다 더 혹독한 시간이었다. 삶의 아픔과 반전, 위기상황에 대처 요령 그 모든 것을 그때 다 배웠다.

  그리고 의가사제대 아무나 하는 건 줄 알아? 맞아. 그 녀석이 그렇게 군대가 겁난다면 나처럼 한 달만 하고 나오는 방법도 있겠구나. 그 녀석이라면 가능할 거야. 수학박사 학위도 받았다니 나무가 넘어지는 각도와 무게와 시간, 바람의 세기를 정확하게 계산할 수 있을 거 아냐. 그래서 자신이 서있을 위치를 찾아내면 되잖아. 고등학교 밖에 안 나온 나도 해낸 일인데 그까짓 거쯤이야.

노숙자와 수사

수도원 사무실 문 앞에 로사가 오들오들 떨며 서있었다. 초봄의 바람이 찬데 겉옷도 입지 않았다. 치마 아래 스타킹에 작은 구멍이 나서 더 추워 보였다. 미카엘 수사를 보자 로사가 하아, 한숨을 내뱉었다.

"도망 나왔어요. 그 사람 또 왔어요."

몇 달 전에 한 노숙자가 찾아와 도와 달라고 했다. 같이 사무실을 지키고 있던 요한이 말렸지만 마음 약한 로사는 자기 지갑 속의 돈을 털어 주었다. 그랬더니 그날 이후 그가 잊을 만하면 찾아와 로사에게 돈을 요구한다고 했다.

수도원에는 그런 사람들이 잘 찾아오지 않는다. 수도원 살림이 그다지 넉넉하지 않다는 걸 대부분 알기 때문이다. 그런데도 찾아와 어려운 사정들을 호소하는 사람들은 간혹 있었다. 로사는 그 목소리에 귀를 막지 못해 얼마 되지도 않는 자신의 월급을 종종 뜯겨버리곤 했다.

"지금 요한은 죽을 맛일 거예요. 다 제 잘못이에요."

자신의 선의를 자책하는 로사를 남겨두고 사무실로 들어갔다. 한 남자가 거칠게 항의하고 요한이 쩔쩔매며 그를 달래고 있었다. 그의 머리는 언제 감았는지 알 수 없을 만큼 떡이 져 있었고 입고 있는 패딩 점퍼도 오랫동안 빨지 않았는지 냄새가 났다. 신고 있는 건 뜬금없이 낡아빠진 샌들이었다.

상황을 몰랐으면 요한이 그에게 무언가 큰 잘못을 했고 그가 당연한 자신의 권리를 주장하고 있다고 생각했을 것이다.

"거, 젊은 애들을 왜 못살게 구는 거요?"

미카엘 수사가 말하자, 그가 불량스럽게 눈을 치뜨며 째려봤다.

"당신은 뭐야?

"나? 수사요."

"수사? 그게 뭔데? 신부 같은 건가?"

"하느님을 모시는 사람이라는 점에서는 비슷하지요."

요한이 슬금슬금 게걸음으로 달아나고 있었다.

"어딜 가!" 팔을 뻗쳐 잡으려하는 그를 미카엘이 막아섰다.

"애들은 가게 두고 나하고 이야기합시다."

"그럼 당신이 돈을 줄 거야?"

"돈은 왜 달라는 건데? 우리에게 맡겨뒀나?"

"하느님이 배고픈 불쌍한 사람을 도와주라고 했잖아."

"배가 고파서라면 멀지 않은 곳에 무료급식소가 있는데 가르쳐 줄까?"

그가 인상을 험악하게 구겼다.

"왜 반말이야. 꼴이 이러니 사람을 우습게 보는 거야?"

"형제님이 먼저 반말했잖아. 나이는 내가 더 먹은 거 같지만 용서해주지. 말을 트니 진짜 형제가 된 거 같아서 나쁘지 않으니 말야."

에이 씨! 욕설을 뱉었지만 그는 더 이상 말투를 트집 잡지는 않았다. 하지만 돈까지 포기할 생각은 없어 보였다.

"입으로만 형제니 사랑이니 떠들지 말고 당장 눈앞의 굶주린 사람에게 하느님의 사랑이라는 거 베풀어 보라고."

미카엘이 씩 웃었다.

"솔직히 말해. 우리 형제님은 배가 고픈 게 아니라 술이 고픈 거잖아. 근데 여기가 얼마나 숭악한 덴지 알아? 나도 여기서는 술 한 잔 못 얻어먹었다고. 말이 났으니 말인데 형제님, 혹시 나한테 술 사줄 수 없어? 나도 술 한 잔 하고 싶거든."

그가 황당한 표정으로 미카엘을 봤다. 미카엘은 진지하게 다시 졸랐다.

"밥 사먹을 돈은 없어도 막걸리 한 잔 살 돈은 있잖아. 그러니 가난한 수사 술 한 잔 사줘 봐."

기가 막힌 듯 멍하니 보던 그가 마침내 실소를 했다.

"진짜 거지는 여기 있었네. 에이, 좋아. 사줄 테니 나가자고."

두 사람은 나란히 수도원을 나와 가까운 포차에 갔다. 그들이 자리 잡자 옆 테이블의 커플들이 인상을 쓰더니 코를 쥐며 자리를 옮겼다. 그는 막걸리 한 병에 호기롭게 번데기 안주도 시켰다.

그는 술을 마시며 노숙자가 된 신세 한탄을 늘어놓았고 미카엘은 때로는 동조하고 때로는 핀잔을 주기도 하며 들었다. 한때 사업을 하며 잘 나갔는데 아이엠에프 때 쫄딱 망했다고 했을 때는 미카엘이 코웃음 쳤다.

"언제 적 아이엠에프 핑계를 아직도 하고 있어. 지겹지도 않아? 담에 만났을 때는 좀 더 참신한 이유를 만들어 와. 이건 숙제야."

그가 킬킬 웃었다.

"담에는 수사님이 사주는 거지?"

"수사가 술 사주고 다니면 하느님이 노해. 그러니 형제님이 사야 돼. 이래 사지육신 멀쩡한데 막걸리 한 잔 값 버는 거야 뭐가 어렵겠어."

"그 하느님은 노숙자 삥 뜯으라 시켜? 아예 벼룩의 간을 빼먹어라."

"벼룩의 간 빼 먹기는 형제님이 더 하던데. 로사, 그 가엾은 애는 형제님에게 삥 뜯겨 구멍 난 스타킹을 신고 다닌다고. 근데 발 치수는 어떻게 돼? 보기는 나하고 비슷해 보이는데."

미카엘은 자신의 운동화와 그의 샌들을 바꿔 신자고 했다.

"샌들 신고서야 노가다도 뛸 수 없을 거 아냐. 그러면 내 술 값은 언제 벌겠냐고. 산 지 얼마 되진 않지만 술 한 잔 얻어먹으려면 이 정도 투자는 해야겠지."

바꿔 신은 신발은 얼추 맞았다. 막걸리 한 병을 비우고 일어섰다. 그가 바지 주머니에서 꼬깃꼬깃 접힌 만 원짜리를 꺼내 술값을 계산했다. 술 잘 마셨다며 미카엘이 친근하게 어깨를 툭툭 치자 그가 갑자기 공손하게 말했다.

"수사님, 같이 술을 마셔줘서 고마웠어. 이제 보니 내가 고팠던 건 배도, 술도 아니고 사람이었던 거 같아."

"돈 벌면 또 와. 술친구는 얼마든지 해줄 수 있어. 하지만 돈 없으면 여기 오지 마. 살자고 발버둥치는 애들 스타킹 구멍 난 거 신게 하면 안 되잖아."

그렇게 헤어진 후 그는 오랫동안 수도원을 찾아오지 않았다. 그를 잊어가던 어느 날 그가 또 왔다고 로사가 전화를 해왔다. 옷차림은 여전히 초라했지만 적어도 길바닥에서 자는 거 같진 않다고 했다.

"근데 아무 말도 없이 제 앞에 스타킹 하나만 올려놓고 그냥 가버렸어요. 도대체 이게 무슨 의미일까요? 무서워서 손도 못 대겠어요."

마음이 여린 만큼 근심 걱정도 많은 로사에게 미카엘이 대답했다.

"걱정 말고 신어도 돼. 내 술값보단 그게 더 싸게 치여서 그러는 걸 테니까."

삼인성호三人成虎*

"이번 프로젝트에 제안서가 채택된 팀에게 부상을 주기로 했나 봐요."

내 맞은편에 식판을 내려놓고 앉으며 A 팀 팀장이 말했다. 오늘 메뉴는 북엇국이었다. 회사 식사는 잘 나오는 편이었고 북엇국은 내가 좋아하는 메뉴였다. 잘 우러난 국물이 시원했다. 나는 국물을 떠먹으면서 물었다.

"그래요? 부상이 뭔데요?"

"최신형 핸드폰이래요."

하마터면 사레가 걸릴 뻔했다. 캑캑대던 나는 옆에 놓인 컵을 들어 물을 마셨다. B 팀장이 식판을 들고 와 A 팀장 옆에 와 앉으며 하하하 웃었다.

"그만한 일에 놀라기는요."

나는 속을 겨우 가라앉히고 물었다.

"B 팀장님도 알고 있었어요?"

"당연하죠. 모두 다 알고 신이 나있는데."

모두가 다 아는 소식들이라고? B 팀장은 더 자세한 정보도 알고 있었다.

"그거 상무님이 임원회의 때 말씀하셨대요."

게다가 상무님이?

사실 나는 2주 전에 우리 팀에게 이 이야기를 했다.

"이번 프로젝트에는 부상이 걸려있다던데?"

"뭐죠?"

경환이 물었다.

"최신형 핸드폰."

우와~

팀원들은 탄성을 질렀다. 나는 두 손을 탁 마주쳐 소리 내며 힘차게 말했다.

"그러니 우리 모두 쌍코피 터지게 일해보자고."

"그런 큰 부상이 있다는 걸 왜 회사에서 공식적으로 발표하지 않나요?"

"머... 하겠지."

건성으로 대답하자 해화는 수상한 듯 내 표정을 살폈다.

"최신형 핸드폰이면 2백만 원 가까운데 그걸 팀원들에게 다 준다고요?"

우리 팀원은 나 포함 모두 다섯 명인데 경환만 2년 차이고 다른 팀원은 모두 올해 신입이었다. 하지만 해화와 나는 근 5년째 손발을 맞추고 있다. 해화는 상사와 부하를 떠나 마음 맞는 내 동료였다. 집도 내왕하며 서로 가정사는 물론 성격도 속속들이 알고 있었다. 그래서 내가 농담을 잘한다는 것을 알고 있었다.

해화는 '늑대가 나타났다' 외치는 양치기 소년의 말을 섣불리 믿으면 안 되지, 아마 그렇게 생각했던 거 같았다.

나름 표정을 갈무리한다고 했지만 이번에도 해화의 눈은 속이지 못했다. 해화가 씩 웃으며 팀원들을 보았다.

"야, 믿지 마. 뻥이야. 우리 팀장님, 뻥을 쳐도 너무 크게 치신다."

"그래도 팀장인데 뻥이라는 말은 좀 그렇다."

나도 씩 웃었다.

그때 해화의 촉은 맞았다. 핸드폰을 준다는 건 농담이었다. 우리 회사 규모로 보면 한 번쯤은 그 정도 통 크게 저질러도 되지 않을까 하는 내 희망만 담겨 있었을 뿐이었다. 그러고는 그 해프닝은 잊혔고 팀원들도 나도 더 거론하지 않았다.

그런데 2주일이나 지나서 A, B, 팀장 입에서 같은 이야기를 들으니 사레가 들릴 만큼 놀랄 일이 아닌가. 게다가 B 팀장은 상무님이 임원회의에서 했다는 매우 구체적인 정보까지 덧붙여주었다.

나는 비교적 예측도 잘하고 바라보는 시야가 넓다는 소리도 듣는 편이었다. 그래서 승진도 남들보다 빨랐다. 그런데 농담 삼아 뱉었던 말이 현실이었다니! 이건 예측이 아니라 거의 예언 수준이 아닌가.

식사 후 사무실로 올라가니 해화가 밝은 얼굴로 다가왔다.

"팀장님 들었어요? 상무님이 이번 프로젝트에 핸드폰을 걸었대요. 팀장님이 말씀하실 때는 농담인 줄 알았는데."

"음…… 그땐 농담이 맞았는데……"

"우리 상무님 멋지지 않아요?"

"어…… 그렇지."

원래 자신의 일에 대한 책임감과 긍지들이 높았던 팀원들이었다. 거기에 고가의 핸드폰까지 걸려있다니 더 적극적이 되었다. 좋은 아이디어가 쏟아져 나오고 일은 잘 진행되어 갔다.

쌍코피 터트린 팀원이 없어 조금 아쉬운 정도랄까. 마침내 제안서 작성이 마무리됐다. 내가 우리 팀 대표로 회의에 들어가 임원들 앞에서 발표까지 마쳤다. 반응이 좋았다.

발표 후 상무님이 불렀다. 상무실에 들어가자 상무님은 우리 팀의 것이 채택되었다고 수고 많았다고 치하했다. 말로만? 이게 다일 리가 없는데?

"팀원들에게 가서 무어라고 할까요? 다들 이 일에 코피 터지도록 매달려서 그냥 보낼 수는 없을 거 같은데요."

상무님은 껄껄껄 호탕하게 웃었다.

"그럼 몸보신들 시켜줘야지."

그러더니 서랍을 열었다. 상무님은 역시 무언가를 준비하고 있었다. 나는 서랍 속에 나올 것들을 잔뜩 기대하고 노려보았다. 상무님 손에 들려 나온 것은 작은 봉투였다.

상무님은 내 앞에 봉투를 내밀었다.

"기프트 카드야."

나는 봉투를 열어 확인했다. 기프트 카드에는 200만 원이라는 숫자가 찍혀있었다.

"회식비로 쓰고 각자 한우도 한 짝씩 사서 돌려."

"감사합니다."

나는 얼른 허리 숙여 인사를 했다. 그리고 내 표정이 상무님에게 들킬까 봐 서둘러 돌아섰다.

아니 땐 굴뚝에서 연기가 모락모락 피어오르고 있었다는 것을 상무님은 전혀 알지 못할 테니까. 하지만 내가 피운 연기는 아니다. 나는 맹세코 상무님까지 끌어넣지는 않았다.

---

* 삼인성호 : 근거 없는 말도 여럿이 하면 곧이듣게 됨을 이르는 말. 세 사람이 짜면 거리에 범이 나왔다는 거짓말도 사실처럼 될 수 있다는 말에서 유래되었다.

5부

목소리

저음의 남자 목소리가 두런두런 들렸다. 땅 밑에서 나오는 듯 무거웠다. 희정의 머리털이 쭈뼛 섰다.

– 여기 다른 사람들도 있었나 봐.

으흐흐흐흐, 음침하게 남자들이 웃더니 소리들이 뚝 끊어졌다. 창석이 머뭇대며 대답했다.

– 우리 자리 말고는 다른 사람들이 텐트 칠 만한 곳이 없었다는 거 너도 봤잖아.

– 하지만 분명히 남자들 목소리였어.

– 물소리야. 밤이라 크게 들려 그럴 거야.

딸랑딸랑 방울소리가 들렸다. 어허~어허~ 여러 사람들이 가락을 맞추어 곡소리를 뱉어냈다. 뒤이어 흐느끼는 울음소리가 들려왔다.

– 상여 나가는 거 아니야?

팔에 돋는 소름을 손바닥으로 쓸며 희정이 소리죽여 소곤댔다.

– 물이 바위에 부딪히는 소리야.

고집 부렸지만 창석의 목소리도 긴장으로 팽팽하게 당겨져 있었다.

– 물소리가 어떻게 저럴 수가 있어?

– 이 깜깜한 밤의 산속에서 상여가 나갈 수는 있다고 생각해?

갑사에서 동학사까지 넘어가는 계룡산 등반을 하자고 창석이 제안해왔을 때 희정은 반색했다.

– 연천봉과 관음봉 등을 거쳐 가는 등산 코스인데 대략 6시간 정도 걸릴 거야. 산에서 야영도 해볼 생각인데 할 수 있겠어?

물론이지! 희정은 창석의 말이 끝나기도 전에 대답했다. 산속에서 야영을 한다니 생각만 해도 멋졌다.

텐트나 무거운 것은 창석이 짊어졌지만 희정의 배낭 무게도 만만치는 않았다. 배낭을 메었을 때 그 묵직한 무게가 오히려 뿌듯했다. 그런데 갑사에서 출발하여 연천봉까지 가는 길은 특히 힘들었다. 전날 비가 와서 돌이나 암벽이 미끄러워 위험하기도 했다. 연천봉에 올랐을 때 희정은 이미 기진맥진이었다. 쉬었다가 가기로 했다. 여름의 산은 푸르고 울창했다. 다람쥐들이 이따금 조르르 달려왔다가 나무를 타고 사라졌다.

– 신원사는 멀지 않으니 힘들면 거기까지만 갈까?

준비해 간 김밥을 먹으며 창석이 떠보듯 말했다.

– 동학사까지 간다니까!

창석이 씩 웃었다.

– 한 오기하는 우리 희정이 포기할 리가 없지. 좋았어. 어차피 산에서 야영을 할 거니 무리하게 산행을 할 필요도 없어. 쉬엄쉬엄 끝까지 가자.

김밥과 오이를 하나씩 깎아먹고 느긋하게 쉰 후 다시 일어섰다. 쉬고 나니 새로운 힘이 생겼다. 중간 중간 쉬어가며 산을 넘어갔다. 발을 멈추고 숨을 고르던 희정의 시선이 한곳으로 집중되었다.

– 저기 양초를 왜 켜두었지?

바위가 움푹 들어간 곳에 불이 켜진 양초가 보였다. 이미 다 타들어가 몽땅했다. 바닥 돌 위에는 떨어진 촛농들이 지저분했다.

– 기도하러 온 무당이 켜둔 걸 거야. 계룡산은 영험이 크다고 무당들이 기를 받으러 오는 산이거든. 정감록이라고 알지? 그 예언서에서도 계룡산을 800년 도읍지라고도 했어. 남달리 기가 센 신비의 산이라고 신흥종교의 메카가 된 적도 있었고. 지금도 무속인들이 많이 찾아 기를 받으러 기도하러 온다고 하더라. 하지만 저렇게 불을 켜두는 건 산불 때문에 법으로 금지되었다고 들었는데……

창석의 말을 들으니 괜히 바위 모양도 남다르고 산 모양도 신비스러워 보였다.

- 계룡산은 능선이 닭의 벼슬과 용의 모양을 닮았다고 그렇게 붙여졌다고 하기도 하고 조선시대 무학대사가 이 산을 금계포란과 비룡승천형이라고 해서 붙어진 이름이라고도 하지. 알을 품은 닭과 하늘로 승천하는 용의 모양을 닮았다는 뜻이야.

창석은 미리 공부를 많이 해온 듯 했다.

동학사 부근에 도착했을 때는 4시가 거의 다 되었다.

- 걱정했던 것보다는 빨리 왔네. 산은 해가 빨리 떨어지니 더 가지 말고 적당한 곳을 찾아 여기쯤 텐트 치자.

창석이 말했다. 산은 비탈이 지고 나무가 울창해서 마땅한 곳을 찾기 쉽지 않았다. 편편하다 싶으면 바위가 박혀 있었다. 그런데 맞춤한 데가 눈에 들어왔다. 텐트 하나 정도 칠 만한 공간이었다.

일부러 땅을 골라둔 듯 평평하고 바닥은 풀이 무성해 푹신해보였다. 뒤쪽으로는 나무들이 서있어서 텐트를 고정시킬 줄을 매기도 좋았다. 맑은 물이 굽이쳐 흐르는 계곡도 멀지 않았다. 창석은 익숙한 솜씨로 텐트를 쳤다.

태어나서 처음으로 하는 산속에서의 야영에 희정은 조금은 들떴다. 바닥에 매트를 깐 텐트는 아늑하고 편안해보였다. 계곡에서 물을 떠와 밥을 짓고 된장찌개를 끓이는 것도 신선한 즐거움이었다. 준비해간 반찬을 꺼내 머리 맞대고 먹으니 더 없이 만족스러웠다.

식사 후 음악을 들으며 커피를 마시고 뒤 정리를 하고 계곡에서 얼굴과 손발을 씻고 나니 캄캄해졌다. 하늘은 구름이 끼어 별도 보이지 않았다. 해가 지니 추워서 밖에 있을 수가 없었다.

천막 안에 들어가 랜턴 불을 켜놓고 맥주 한 캔씩 나누며 이야기를 나누었다. 희미하게 밝히는 랜턴 불은 세상에서 단둘만 남은 듯이 고즈넉했다. 종일 걸은 뒤라 피곤하였다. 랜턴 불을 끄자 어둠이 찾아왔다. 바로 눈앞에 펼친 자신의 손도 보이지 않는 완전한 어둠이었다.

어둠 속에서 창석의 달뜬 숨소리가 희정의 귓바퀴를 간질였다. 뺨에 닿는 창석의 손길이 따뜻했다. 세상에 오직 둘만 남은 듯 애틋하고 행복했다. 수상한 소리가 들려오기 시작한 것은 희정이 입술을 열어 창석을 맞이하려던 그 순간부터였다.

낄낄낄낄……

희정의 머리털이 쭈뼛 섰다.

– 그냥 물소리야.

긴장된 목소리로 창석이 말했다. 희정은 온 신경을 귀로 보내며 물소리를 들으려 애를 썼다. 그 순간 여자들의 자지러지는 웃음소리가 터져 나왔다. 오호호호호…… 뒤이어 어둠을 가르는 비명소리, 꺄아아아악~

옆에서 창석의 신음소리가 들렸다. 온몸이 떨려왔다. 입 밖에 나오려는 비명을 참느라 두 주먹을 힘주어 쥐었다. 손톱이 손바닥 살을 파고들었다.

으흐흐흐흐,

웃음소리가 지나가자 다시 남자들의 두런대는 이야기가 시작되었고 청승스런 울음소리가 뒤를 이었다. 어둠 속에 창석이 부스럭댔다.

– 뭐 하는 거야?

– 불을 켜야겠어.

희정이 황급히 손을 뻗어 그를 잡았다.

– 불빛을 보고 '그들'이 찾아오면 어떡해.

– '그들'?

창석은 불을 켜지도 않았고 물소리라며 더 이상 희정을 설득하려하지도 않았다. 희정은 창석의 품속으로 파고들었다. 창석은 희정을 으스러져라 안았다. 창석의 심장소리가 쿵쾅쿵쾅 들려왔다.

숨소리도 크게 낼 수 없었다. 밤새도록 남자들의 음침한 웃음소리, 울음소리. 뜻을 알 수 없는 이야기소리, 여인들의 날카로운 웃음소리, 비명소리, 수도 없이 나가는 상여소리, 곡소리, 방울소리, 북소리, 꽹과리소리를 들었다. 두려움으로 떨며 두 사람은 '그들'을 방해하지 않으려 숨죽이고 있었다.

그러다 잠이 들었던가 보다. 눈을 떴을 때는 밖이 환했다. 콸콸콸, 물 흐르는 소리가 상쾌하게 들려왔다. 창석의 침낭은 비어 있었다. 희정은 얼른 침낭에서 나와 지퍼를 열고 천막을 나갔다. 밤새 계곡물이 불어 물은 텐트 가까이 까지 와서 찰

랑대고 있었다. 창석은 멀지 않은 곳에 서 있었다.

 – 다 둘러보았어. 주위에 다른 사람들은 없었어. 있을만한 곳도 없고.

 사르륵, 바람이 지나가며 나뭇잎이 부드럽게 소리를 냈다. 타타타탁, 나무를 쪼는 딱따구리 소리, 배쫑배쫑, 새의 노래 소리, 콸콸콸, 계곡 물소리.

 햇빛 아래 세상은 다시 살아나 있었다. 희정은 크게 심호흡을 했다.

어둠 속의 여인

마루가 삐걱대는 소리가 들렸다. 베개를 등에 받치고 침대에 앉아 책을 보고 있던 그는 고개를 들어 문 쪽을 보았다. 핸드폰을 들어 시계를 보니 새벽 3시가 되어가고 있었다. 아일랜드와 여덟 시간의 시차가 나는 한국은 활기차게 활동을 시작할 때이었다. 그는 잠자리에 예민한 편은 아니었다. 하지만 여행 첫날의 시차는 극복하기 어려웠다.

달그락달그락

문고리 돌아가는 소리가 들렸다. 고개 들어 문을 보았다. 아무도 들어오지 않았다.

"태우냐?"

문고리는 움직이지 않았고 조용해졌다. 바람 소리였나? 고개를 갸우뚱대다가 그는 다시 책 속으로 들어갔다.

다시 마루가 삐거덕댔다. 태우도 어지간히 잠을 못 이룬다 싶었다. 화장실을 가는 건지 수시로 삐거덕대는 소리가 신경을 건드렸지만 그는 책에 집중하려 애를 썼다. 제임스 조이스의 '더블린 사람들'이었다. 잠 오지 않을 때 읽기 좋은 책이라고 말한 작가도 있지만 '더블린 사람들'도 시차를 이기지는 못하고 있었다.

그가 아일랜드에 온 것은 제임스 조이스 때문이었다. 율리시즈를 읽고 감동을 받은 그는 그런 책을 쓴 제임스 조이스와 노벨 문학상 수상 작가를 네 명이나 배출한 아일랜드에 호기심이 생겼다. 우리나라처럼 아일랜드도 한의 역사를 가진 걸 알게 되자 호기심을 넘어 꼭 와봐야 할 거 같은 의무감마저 들었다.

술자리에서 문단 후배인 동화작가 태우에게 이런 생각을 말하자 태우는 즉시 비행기를 알아보고 인터넷으로 숙소예약까지 일사천리로 해치웠다. 태우는 오래전부터 북유럽의 전래동화에 관심을 가지고 있었다.

그렇게 해서 그들이 아일랜드 행 비행기를 탄 것은 오늘 오후였다. 한국 시간으로는 하루가 지났겠지만 비행기를 두 번 갈아타고 북서쪽에 위치한 아일랜드는 도착해도 여전히 같은 날짜였다.

인터넷으로 빌린 숙소는 아파트였다. 아일랜드의 아파트는 우리나라 아파트와는 다르고 빌라 쪽에 더 가깝다고 했지만, 와서 보니 다닥다닥 붙긴 했어도 다 독립적인 개인주택 같았다. 이런 저런 이유로 비게 된 집들을 부동산회사가 맡아 관리하며 빌려주는 것이다.

태우가 관리인의 집에 가서 열쇠를 받아왔다. 현관문을 열고 들어서자 좁은 복도와 사람 한 명 간신히 올라갈 만한 계단이 먼저 보였다. 복도 왼쪽은 부엌이었고 부엌을 지나 거실이 있었다. 거실 문을 열면 작은 마당이 있었다.

이층에 방 두 개와 화장실이 있었는데 정사각형 좁은 복도를 사이에 두고 계단과 함께 각각 한 면씩 차지하고 있었다. 큰방은 더블침대와 함께 낡긴 했지만 로코코 풍의 옷장과 화장대가 있었다. 작은 방은 싱글침대에 역시 로코코 풍 옷장이 있었다.

작고 오래 된 집이지만 깨끗하고 정갈했다. 한 바퀴 둘러본 태우는 매우 마음에 들어 했다.

"백설공주 동화에 나오는 난장이들 집처럼 앙증맞아요. 이런 곳이라면 동화가 한 편 저절로 나올 거 같아요."

부엌으로 들어간 태우는 다시 감탄을 했다.

"난장이들 부엌같이 오밀조밀한데 있을 건 다 있네요."

그는 큰방에 태우는 작은방에 짐을 풀고 번갈아 샤워를 했다. 화장실은 양변기 옆으로 작은 샤워부스가 있어 옹색했다. 그래도 따뜻한 물은 잘 나와 초봄의 한기를 데워주었다.

비치된 커피포트에 물을 끓여 한국에서부터 가지고 간 컵라면과 팩소주로 요기 겸 술 한 잔씩 하고 나니 11시가 넘었다. 다음날을 위해 잠자리에 들었지만 잠은 오지 않았고 '더블린 사람들'은 도무지 진도가 나가지 않았다. 태우가 화장실을 드나드는지 삐걱대는 마루 소리도 신경 거슬렸다.

문을 두드리는 소리에 눈을 떴다. 커튼이 햇살을 받아 환하게 빛을 내고 있었다. 문이 열리고 태우가 얼굴을 내밀었다.

"선배님, 내려와 아침 식사하세요.

아래층으로 내려가니 빵 굽는 냄새가 고소했다. 식탁과 연결된 부엌에서 토스터기가 풀쩍 잘 구운 빵을 토해냈다. 태우가 아침 일찍 나가 빵을 사왔다고 했다.

"다행히 열린 가게가 있었어요."

그는 토스터를 받아 준비된 접시에 올렸다. 식탁 위에는 버터와 잼도 놓여 있었다. 태우가 보울 접시에 스프를 떠서 그 앞에 두었다.

"스프도 있어? 고마워. 새벽이 되어서야 잠들었더니 늦잠 잤네."

"그렇잖아도 어지간히 잠 못 주무신다 싶었어요. 화장실에 들락거리시기에 혹시 속이 불편하신가 싶어 스프를 끓였어요."

식탁에 마주 앉으며 태우가 말했다. 이게 무슨 소리야? 그는 막 입에 넣으려던 스프 숟가락을 멈추었다.

"네가 화장실 간 거 아니었어?"

"전 한 번도 나간 적 없어요."

"나도 그랬는데."

그들은 서로를 바라보았다.

문고리 덜거덕대던 소리도 들었다고 하려던 그는 태우의 커다란 눈에 두려움이 피어오르는 것을 보고 꿀꺽 삼켰다. '눈만

장동건'이라는 별명만큼 큰 눈을 가진 태우는 겁이 많은 편이었다. 문고리 덜거덕대는 소리를 들었는지, 그게 꿈이었는지 갑자기 자신이 없어졌다.

"옆집 발자국 소리였나 보다. 딱 봐도 오래된 집이잖아. 방음장치가 제대로 되어 있을 리 없어."

"그…… 렇겠죠?"

태우는 미심쩍지만 그럴 수도 있겠다고 믿고 싶은 눈치였다.

"그럼."

그가 자신 있게 대답해주었다.

더블린 여행 사흘 동안 머물 집이었다. 태우에게 확실치도 않는 일로 쓸데없이 공포심을 심어줄 필요는 없었다.

그들은 느긋하게 커피를 마신 후 집을 나섰다. 첫날 일정은 제임스 조이스 박물관 방문과 율리시즈 무대가 된 탑을 보는 것이었다. 교통편은 미리 알아두었지만 초행자가 찾아내기가 쉽지는 않았다.

그는 작가가 숨 쉬던 소설 속의 무대를 눈앞에 보면서 내내 흥분되었다. 뿌듯한 마음으로 하루 일정을 마치고 고기와 야채를 사서 돌아왔다. 서구적 외모와 달리 토속적인 입맛을 가진 태우는 식사준비는 자기에게 맡기라며 팔을 걷어붙였다.

가지고 온 쌀로 밥을 하고 고기를 굽고 가져온 김치를 꺼내고 야채를 곁들이니 그만하면 진수성찬이었다. 식사 후 펍에 나가 흑맥주를 한잔씩 하면서 아일랜드의 역사와 문학에 대해 토론하다 늦게 숙소로 돌아왔다.

그는 노트북을 꺼내 오늘 보고 느낀 것들에 대해 글을 썼다. 내일 일정까지 챙기고 나니 피곤해졌다. 노트북을 닫고 불을 끄고 자리에 누웠다. 눈을 감자 도리어 정신이 말똥말똥해졌다. 일어나 '더블린 사람들'이나 마저 읽을까 하는데 다시 문고리 소리가 들렸다. 방문 앞에서 서성이는 발자국 소리와 마루가 삐걱대는 소리도 들렸다.

문을 열어 확인하고 싶지 않았다. 혹시 보게 될 것이 두려웠다.

다음날 식탁에 앉은 태우의 얼굴빛이 좋지 않았다.

"저, 어제 선배님 복도나 계단을 다니셨어요?"

태우는 금방이라도 울 듯한 얼굴이었다. 어차피 내일은 떠날 집이었다. 그는 대답했다.

"응, 물도 마시고 좀 출출해서 먹을거리 찾느라 부엌으로 몇 번 내려갔어."

태우의 얼굴이 밝아졌다.

"아, 그랬군요. 난 그것도 모르고……"

"왜? 유령이라도 나온 줄 알았어?"

그는 부러 더 눙쳤다.

"어…… 아일랜드엔 유령이 많다는 말을 들은 적이 있어서……"

태우가 말끝을 흐렸다. 아일랜드에 유령이 많다는 말은 처음 들지만, 그럴 수도 있겠다 싶었다. 우리나라에도 곳곳마다 한 맺힌 귀신들 이야기가 입으로 전해지고 있는데 우리나라만큼 아프고 핍박받은 역사를 가진 나라가 아닌가.

우리나라는 귀신들이 머물만한 곳도 많이 없어졌다. 낡은 집들은 다 사라지고 아파트가 들어서고 현대식 건물들이 들어서면서 귀신들은 다 어디로 갔을까? 그에 비해 아일랜드 귀신은 운이 좋은 편인 거 같다. 아일랜드는 아직 훼손되지 않은 자연이 살아있고 전통을 지키는 집들도 여전히 건재하니 귀신들도 제 터전을 지킬 수 있을지 모른다.

"유령들의 축제 할로윈 데이 있죠, 그것도 사실 아일랜드 풍속이에요. 아일랜드 대기근 때 많은 아일랜드 인이 미국으로 건너갔고 그 풍속도 같이 미국에 정착한 거죠. 심지어 이젠 우리나라에도 들어왔잖아요. 우리나라 어린애들은 처녀귀신이나 달걀귀신은 몰라도 호박귀신은 다 아니까 말예요. 유령들을 위한 축제가 있을 정도면 그만큼 아일랜드엔 유령이 흔하다는 거 아니겠어요?"

그런 태우에게 누군가 문고리를 돌리더라는 이야기는 할 수 없었다.

트리니티 대학에 가서 헤리 포터의 무대가 된 신비롭고 아름다운 도서관을 보고 제임스 조이스의 발자취를 따라 더블린 시내를 구경했다. 그리고 펍에 가서 흑맥주를 취하도록 마시고 돌아왔다.

흑맥주의 힘인지 '더블린 사람들'의 힘을 빌리지 않아도 샤워 후 침대에 눕자마자 잠이 들었다. 그러다 달그락대는 소리에 눈을 떴다. 문고리 돌리는 소리였다. 어둠속에서도 문고리가 돌아가는 것이 보였다. 일어나려 했지만 몸이 말을 듣지 않았다.

그는 꼼짝도 하지 못하고 서서히 열리는 문을 보았다. 빛을 등지고 사람의 그림자가 서 있었다. 얼굴은 보이지 않았다. 어둠속에 언뜻 언뜻 보이는 실루엣은 젊은 여자였는데 머리엔 보네트를 쓰고 허리 잘록한 긴치마를 입고 있었다. 소박하지만 영화에서나 보던 옛날 옷차림이었다.

혹시 이 방의 주인이었는지 묻고 싶었지만 소리가 되어 나오지 않았다. 그의 입에서 나온 것은 신음소리 뿐이었다. 그는 손끝 하나 움직여지지 않았다. 무섭지는 않았다. 그는 움직이는 것을 포기하고 그림자를 지켜보았다.

그림자는 방 안에 들어오지는 않았다. 한참을 서서 방안을 들여다보다가 조용히 문을 닫았다. 문이 닫히자 그의 손끝이 움직여졌다. 마비가 풀린 듯 몸도 움직여졌다. 몸을 일으켰다. 밖으로 나갔지만 문 밖은 어둠 뿐 아무것도 없었다.

다음 날 짐들을 챙기고 태우가 뒷정리를 하는 동안 그는 관리인에게 키를 돌려주러 갔다. 관리소는 블록 끝에 있었다. 관리인은 은발이 멋스러운 할머니였다. 이 집의 주인이 누구인지 물어보자 특별한 이유가 없다면 주인을 알려주지 않게 되어 있다고 하였다. 그는 특별한 일이 있었다고 말했다.

"어제 밤에 한 여인이 문 앞에 서있었어요. 옛날 옷을 입은."

관리인이 그를 잠시 쳐다보았지만 이내 심상하게 고개를 끄덕였다.

"꿈 꾸셨나보군요."

"사흘 내내 발자국 소리와 문고리 돌리는 소리를 들었어요."

"오래된 나무 집이라 소리가 났을 거예요."

그 집을 떠나지 못하는 누군가가 있는 건 아닌가 묻고 싶었지만 관리인은 더 이상 말할 기회를 주지 않았다.

"좋은 여행되세요. 굿바이."

그는 돌아서 나올 수밖에 없었다.

더블린을 떠난 그들은 영국령인 북아일랜드를 향했다. 아일랜드 분단의 역사를 확인하며 아울러 벨파스트에서 타이타닉 박물관을 들를 생각이었다. 원래는 일정에 넣지 않았다.

하지만 아일랜드 대기근에 살 곳을 찾아 떠난 수많은 아일랜드인들의 절망을 느껴 보고 싶었다. 그곳에서 어쩌면 돌아오고 싶지만 영원히 돌아오지 못한 사람들의 한을 보게 될지도 모른다.

차가 북아일랜드 국경을 넘어가자 그는 태우에게 그동안 누군가 방으로 들어오고 싶어 했다는 사실을 처음으로 입 밖에 냈다. 어둠 속에 서있던 여인에 대한 이야기가 끝날 때까지 태우는 눈 한번 깜빡이지 않고 조용히 귀 기울여 듣고 있었다.

난로

펍은 보아 뱀 속처럼 좁고 길쭉하고 구불 했다. 가슴 부분이 그나마 넓었는데 스탠드 형 탁자들이 줄 맞춰 있었고 예닐곱 사람들이 그곳에 모여 앉아 있었다. 뱀에게도 허리가 있다면, 그 정도 부분에 부부로 보이는 중년 남녀가 앉아있었다. 작은 바체어에 겨우 걸친 뚱뚱한 남편 엉덩이가 삐져나와 있었다. 부인도 만만치 않은 몸집이었지만 통이 헐렁한 원피스가 바체어를 감추고 있었다.

소연은 아무도 없는 꼬리 쪽으로 향했다. 소연의 등 뒤에 바체어 높이 정도의 철제 물체가 있었다. 원형에 장식이 많이 붙어있어 박물관에서 보았던 유럽의 갑옷 몸통이 연상되었지만 위는 막혀 있었다.

웅웅웅……

벽을 치고 한 바퀴 돌아온 소리가 펍 안을 공명했다.

아이리시들이 무언가에 대해 열심히 떠들고 있었다. 그들

앞에는 커다란 잔들이 하나씩 놓여 있었고 노란색, 갈색, 검은색 다양한 색의 알코올들이 담겨 있었다.

바는 보아 뱀 머리 부분에 있었다. 소연은 중년 부부를 지나 아이리시들을 지나 바텐더 앞에 섰다. 바텐더 뒤쪽 벽 선반에는 수많은 맥주잔들이 놓여 있었고 그 아래에는 여러 종류의 맥주 기계들이 늘어서 있었다. 기네스 한잔을 달라고 하자 바텐더가 고개를 끄덕했다.

다갈색 머리에 흑갈색 눈을 가진 바텐더는 선반에서 기네스 잔을 하나 꺼내 기네스 디스펜서를 작동했다. 바텐더의 머리색 같은 다갈색 알코올이 크림 거품과 함께 잔을 채웠다. 다갈색 크림 거품이 묵직하게 내려가면서 기네스는 차츰 검은색으로 바뀌어 갔다.

바텐더는 잠시 기다렸다가 다시 기네스 디스펜서를 작동하여 거품이 사라진 공간을 채웠다. 더 이상 채울 수 없을 만큼 잔이 꽉 차자 바텐더는 소연에게 내밀었다.

검은색이 된 잔을 들고 자리에 앉으면서 습관적으로 주머니에 든 핸드폰을 꺼내 살펴보았다. 외무부에서 보내는 여행자를 위한 안내문 외엔 한국을 떠난 소연을 찾는 내용은 없었다.

문이 열렸다. 한 남자가 들어섰다. 따라 들어온 바람이 소연의 전신을 훑고 지나갔다. 오소소 소름이 돋았다. 남자는 소연을 지나쳐 보아 뱀의 가슴에 자리를 잡았다.

"오우, 잇츠 코울드."

중년 부인이 옆에 걸쳐두었던 스웨터를 입었다. 아일랜드의 삼월은 낮과 밤의 기온 차이가 한국보다 더 커 갑자기 겨울로 되돌아 간 듯했다. 소연도 가방 안에서 겉옷을 꺼내 팔에 꿰었다.

잔을 들어 한 모금 입에 무는데 바텐더가 묵직한 양동이를 하나 들고 왔다. 양동이 안에 든 것은 갈탄과 조개탄이었다. 바텐더는 원형의 무쇠로 된 물체 앞에 섰다. 장식으로만 알았던 테두리 손잡이 고리를 들자, 옆 부분 뚜껑이 열렸다. 그것은 난로였다.

바텐더는 무쇠 난로 안에 갈탄을 넣고 불을 붙였다. 그리고는 연기가 밖으로 새어나오지 않게 얼른 난로 뚜껑을 닫았다. 잠시 기다렸다가 다시 열자 갈탄에는 불이 붙어 타오르고 있었다. 바텐더는 그 위로 양동이에 담긴 조개탄을 마저 붓고 난로의 뚜껑을 닫았다. 연통은 벽속으로 숨겨져 외부로는 드러나지 않았다.

조개탄을 때는 난로는 여고시절 교실에서 본 후 처음이었다. 쉬는 시간이면 아이들은 난로 옆으로 몰려들어 수다를 떨었다. 하지만 소연은 등을 보이며 난로의 열기를 가리고 있는 아이 때문에 오랫동안 춥고 아팠다.

친구라고 생각했던 그 아이가 어려움에 처해있을 때 소연은 아낌없이 도와주었다. 그런데 소연의 도움이 더 이상 필요 없게 되자 그 아이는 냉정하게 돌아섰다.

벽에 적힌 와이파이 비밀번호가 눈에 들어왔다. 소연은 기네스를 입 안에 부었다. 쌉쌀하고 묵직한 기네스가 핏속에 순식간에 흡수되었다. 잔을 내려놓으면서 탁자 위의 핸드폰을 보았다. 핸드폰은 여전히 침묵을 지키고 있었다. 다시 기네스를 들이켰다.

"웨얼 아 유 프롬?"

눈앞에 손에 기네스 잔을 든 금발의 남자가 서 있었다. 멀뚱히 보는 소연에게 남자가 다시 물었다.

"코리언?"

동양인을 보고 바로 한국인이냐고 물어온다면 그만큼 좋은 이미지를 준 거라 보면 된다고 어느 여행 유튜브가 말한 적 있었다. 소연이 고개를 끄덕이자 금발은 자신의 눈썹미를 으쓱대며 소연 앞에 마주 앉았다.

그는 빠른 영어로 한참 동안 자신이 아는 한국에 대한 지식들을 나열했다. 케이 팝이 어떻고 드라마 내용은 물론 심지어 한국의 정치 경제 상황에 대해서도 이야기했다. 알아들은 말보다 못 알아들은 게 훨씬 많았지만, 소연보다 한국에 대해 더 많이 안다는 사실만은 인정할 수밖에 없었다.

많은 아이리시들이 그렇듯 금발은 거의 매일 펍에 나와 사람들과 이야기하고 그날의 뉴스에 대해 토론한다고 했다. 근래에는 한국에 관련된 흥미로운 뉴스가 많아서 자주 화제에 오른다며 김정은과 트럼프와 핵문제까지 거론했다.

한국에 대한 지식이 어느 정도 바닥을 드러나자 금발은 비로소 소연에게 관심을 보였다. 아일랜드에는 어떻게 왔느냐는 질문에, 사람들을 피해서 떠난 길이라는 말 대신 짧게 여행이라고 대답했다.

소연의 단답식 대답이 지루해진 금발은 좋은 여행이 되라는 말을 남기고 일어섰다. 소연은 금발이 보아 뱀 가슴 부분에 모인 사람들 사이로 스며드는 것을 지켜보았다.

그들은 여전히 알코올 한 잔을 앞에 둔 채 쉬지 않고 떠들어대고 있었다. 그들의 안주는 대화였고 메뉴는 매우 다양하고 풍성했다. 어쩌면 소연이 새로운 메뉴로 추가되었을지도 모른다.

중년부부가 일어섰다. 허리 부분이 비어버리자 소연은 이야기라는 바다 가운데 홀로 고립된 섬이 된 것 같았다. 또 한 명의 아이리시가 펍에 들어섰지만, 섬이 되고 싶지 않은 그는 곧장 보아 뱀 가슴 쪽 사람들 속으로 들어갔다.

웅웅웅.

벽을 치고 울리는 공명이 더욱 커졌다. 기네스 잔을 들어 입술을 적셨다. 들척지근해진 뒷맛에 잔을 내려놓으려는데 벽에 적힌 와이파이 비밀번호가 다시 눈에 들어왔다. 소연은 침묵하고 있는 핸드폰을 들여다보았다.

소연이 한국을 떠난 지 일주일이 지났다는 사실을 사람들은 알고나 있을까. 근래 사람들은 전화로 목소리를 듣기보다 문자 메시지, 문자 메시지보다 카톡을 이용하는 걸 더 좋아했다.

카톡의 문을 여는 데는 암호가 필요했고 그 암호가 바로 눈앞에 적혀있었다. 소연은 핸드폰을 만지작거렸다. 보아 뱀이 다시 와그르르, 웃음을 터트렸을 때 소연은 자신의 손가락이 결국 와이파이 비밀번호를 누르고 있는 것을 발견했다.

족쇄가 풀리자 참고 있던 숨을 내쉬듯 카톡, 카톡, 소리가 터져 나왔다. 몇 개의 단체 방과 광고성 카톡에서 밀려있던 불들이 켜지고 있었다.

소연에게 말을 걸어온 카톡은 없었다. 말들이 쌓여갔지만 소연의 눈에 보이는 것은 말머리 뿐이었다. 그들의 남은 말들을 보려면 클릭을 해야만 했다. 하지만 소연은 그 속에 있을 자신의 부재를 새삼 확인하고 싶지 않았다.

맥락 없이 나타나는 말 머리를 클릭하는 순간 소연은 분명 절망하게 될 거 같았다. 아일랜드에서도 지구 반 바퀴를 떠나오기 전에도 소연은 늘 이방인이었다.

등 뒤에서 불이 타는 소리가 났다.

탁탁탁.

양동이에 물을 퍼붓듯 열기가 등짝에 확 끼쳤다. 불이 너무 가까웠다. 겉옷을 벗었지만 열기를 참기 어려웠다. 소연은 중년부부가 떠난 자리로 옮겼다. 문이 가까운 그곳에서는 찬바람이 새어 들어오고 있었다. 불이 멀어지자 순식간에 추워졌다. 겉옷을 도로 입었다.

소연은 보아 뱀 가슴 쪽을 보았다. 소연에게 말을 걸었던 금발이 유쾌하게 웃으며 잔을 쳐들었다. 다른 사람들이 그 잔을 마주 부딪쳤다. 그 옆에 한 남자는 잔을 들지 않고 고개 숙인 채 우울하게 자기의 잔만 바라보고 있었다.

사람들 속에 앉아있지만 아무에게도 속하지 못하면서도 그는 자리를 떠나지 못하고 있었다. 금발도, 우울한 남자도, 그곳에서는 추워하거나 더워하지 않고 있었다. 겉옷을 벗었다가 다시 입고 또다시 벗기를 반복하며 소연은 딱 적당하게 따뜻한 곳은 어디에 있을지 곰곰이 생각해보기 시작했다.

아리랑

"안 들어가세요?"

지연 엄마가 물었다.

베아트리체는 멀뚱하게 쳐다보았다.

"우드 유 캄 위드 미."

지연 엄마는 이번에는 영어로 말했다.

베아트리체가 여전히 못 알아들은 표정을 짓자 지연 엄마는 어깨를 한 번 으쓱대더니 예의 바른 미소를 보여주며 카페로 들어갔다.

예쁜 레이스 커튼이 쳐있는 카페의 조그마한 유리창에 지연 엄마를 맞이하는 몇몇 한국 여인들의 모습이 보였다. 한글학교에 아이들을 데리고 왔던 엄마들이었다. 아이들의 수업이 있는 두 시간 동안 대개 그곳에서 기다린다는 것을 베아트리체도 알고 있었다.

스위스 제네바에서는 매주 목요일이면 한글학교가 열렸다.

제이미까지 포함해서 학생들은 모두 열여덟 명이다. 초등학생을 대상으로 말 그대로 한글만 가르치는 수업인데 아이들을 데리고 온 엄마들은 오래간만에 한국말로 마음껏 수다를 떨 수 있는 날이기도 하였다.

제네바에는 일반 한인 교민들이 많지 않은 편이다. 대신 유엔 국제기구가 있기 때문에 공무원들이나 외무부 직원들이 유엔 기구에 많이 파견되어 있었다. 그들은 정해진 임기가 끝나면 본국으로 돌아가므로 제네바 교민들은 자주 바뀌었다.

베아트리체는 그동안 한인들과 교분을 가진 적이 없었다. 한국 교민들 명단에도 이름을 올리지 않았고 마켓에서 한국인과 마주쳐도 인사를 나누어본 적이 없었다.

베아트리체의 평화가 깨어진 건 지난 달 제이미의 반에 한국인 학생이 전학해 온 뒤부터였다. 한국아이들은 거의 다 인터내셔널 스쿨에 다니므로 제이미가 학교에서 신와중국나 자뽕일본이 아닌 꼬레한국 학생을 만난 것은 처음이었다.

제이미는 일주일에 한 번씩 한글학교가 열린다는 사실도 처음 알게 되었다. 그날 제이미는 흥분해서 말했다.

"마모, 나도 한글학교 가고 싶어."

제이미는 한국에 대해 매우 관심이 많았다. 한국에서 태어났기 때문이었다. 세 살 때 떠난 곳인데 단편적인 기억을 한 번씩 끄집어내곤 하여 베아트리체를 당황스럽게 만들곤 했다.

"외국어를 하나라도 더 많이 안다는 건 좋은 일이지, 더구나 당신 나라 언어인데."

미셸까지 적극 찬성하는 바람에 베아트리체는 자신의 생각을 꺼내보지 못했다.

제이미는 5학년이지만 한국말을 모르므로 한 명뿐인 일학년생 지연과 함께 수업을 받기로 했다.

"어머님은 한국인이세요?"

처음 한글학교에 등록하러 갔을 때 교장선생님이 물었다. 베아트리체가 멀뚱하게 있자 이번에는 불어로 물었다. 교장선생님은 한국어는 물론 영어, 불어 모두 잘 알고 있었다.

"부제뜨 꼬레안?"

베아트리체는 망설이다가 고개를 저었다. 그녀는 분명히 스위스 인이었다. 미셸을 따라 한국을 떠난 그 순간부터 그랬다.

한글학교를 찾는 어머니들은 베아트리체와는 어딘가 달랐다. 그녀들도 그것을 느꼈을 것이다. 아주 재빠르게 베아트리체를 아래위로 한 번 스윽 훑고 지나가는 그 눈빛들이 너, 한국에서 어떤 여자였는지 알겠어, 하는 듯하여 자꾸 주눅이 들었다.

카페에서 차를 마시며 아이들 수업이 끝날 때를 기다리는 그녀들은 대체로 조용했다. 간간히 웃음소리가 새어나올 때도 있었지만, 목소리가 낮았고 이야기 또한 조근조근 했다.

욕설이나 고함이 일상이었던 한국에서 베아트리체가 속했

던 세계와는 달리, 그녀들은 흠잡을 데 없이 예의발랐고 접근할 수 없을 만큼 교양이 있었다. 교장선생님 외엔 개인 신상에 대한 이야기를 나눌 만큼 불어를 능숙하게 구사하는 사람들이 없는 것이 그나마 다행스러웠다.

베아트리체는 수업이 끝날 무렵 시간을 맞춰 갔다.
"수업은 어때? 재미있니?"
차를 탄 제이미에게 베아트리체는 은근히 물었다. 제이미는 고개를 저었다.
"꼬맹이도 아는 말을 못 알아들으니 혼자 바보가 된 기분이야."
"그만 두는 게 어때? 뭐 하러 그런 스트레스를 받으려고 해."
"하지만 난 한국말을 배우고 싶어."
제이미는 고집스레 말했다.
"도대체 왜 한국어를 배우려는 거니?"
제이미가 으스대듯 말했다.
"어떤 책에서 봤는데 언어는 길이라고 했어."
베아트리체는 다시 물었다.
"좋아, 그럼 그 길을 왜 가고 싶은 거니?"
그러자 그런 질문 자체가 이상하다는 듯 제이미는 베아트리체를 빤히 쳐다보았다.

"내가 태어난 나라잖아, 당연히 가봐야지, 마모도 그러고 싶지 않아? 마모의 나라인데."

베아트리체가 중얼댔다.

"길이라고 모두 걸어야 하는 건 아니란다."

제이미가 깜짝 놀라 말했다.

"뭐라고 했어? 그거 한국말 아니야? 마모도 한국말 할 줄 알아? 다 잊어버렸다고 했잖아."

베아트리체는 다시 말했다.

"다시는 돌아가고 싶지 않아."

기억 저 뒤편으로 밀어 넣어버리고 잊어버리려고 애를 썼던 언어였다. 그것은 의식 밑바닥에서 숨죽이며 잠긴 문의 빗장이 열리기만 기다리고 있었다. 자신의 입에서 쏟아져 나오려는 추억들을 향해 베아트리체는 소리쳤다.

"잊어버렸어. 분명히 모두 잊었어. 외롭지 않아. 한 번도 그리워한 적 없었어."

눈두덩이 뜨거워졌다. 눈앞이 어룽거렸다. 핸드백을 뒤져 선글라스를 꺼냈다. 선글라스를 끼는 베아트리체에게 제이미는 해가 지고 있으니 곧 어두워질 거라는 말을 하지 않았다.

몽골, 그 끝없는 평원

　사람들은 외롭거나 슬프거나 쉬고 싶을 때면 강이나 바다를 찾는다. 그리고 물을 바라보며 편안함을 느낀다. 그것은 우리가 기억하지는 못하지만 어머니 뱃속 양수에서의 평화로웠던 행복을 무의식적으로 그리워하고 있기 때문이라고 한다.

　무의식의 기억은 어디까지 거슬러 올라갈까. 핏속에 새겨진 기억은 얼마나 오래전까지 거슬러서 가야 할까. 사람들이 태어나기 전, 아버지의 아버지의 아버지…… 어머니의 어머니의 어머니……

　몸은 때로는 무의식도 기억하지 못하는 비밀을 말해주기도 한다. 한국인의 아기들은 몽고반점이라고 불리는, 엉덩이에 푸른 반점을 가지고 태어난다. 어머니의 따뜻한 뱃속에서 나가지 않으려 머뭇대는 아기에게 빨리 나가라고 삼신할미가 엉덩이를 때려 퍼렇게 멍이 든 거라고 한다.

작년 여름 지현은 한국인들처럼 삼신할미에게 엉덩이를 맞은 나라, 몽골에 있었다.

몽골여행 직전 왼쪽 발목을 삐었다. 침도 맞고 정형외과에서 물리치료도 했지만 삔 발은 쉽게 낫지 않았다. 웅녀의 후손답게 우직하기로 했다. 마음먹은 기회를 놓치지도, 다음으로 미루지도 않았다. 약국에서 산 발목 아대만 믿고 지현은 몽골행 비행기를 탔다.

메일로 보내준 준비물에는 험한 길을 많이 걸을 것을 대비한 등산화도 들어 있었지만 두툼한 아대 때문에 운동화조차 신을 수 없었던 지현은 동대문시장에 가서 부은 발을 위해 조절 가능하고 튼튼해 보이는 샌들을 샀다.

앞으로 15일을 같이 할 일행은 모두 열여섯 명. 러시아 8인승 지프차 프르공 세 대에 짐들과 사막에서 끼니를 해결할 식량들과 함께 나누어 탔고 차마다 몽골인 가이드와 운전기사가 동승했다. 때 묻은 좌석 천이 너덜대는 차는 거친 사막을 이동할 만큼 튼튼하기는 한데 충격흡수장치가 좋지 않아 승차감은 기대할 수 없었다.

폐차장에 갔어도 진작 갔어야 될만큼 낡은 프르공은 문을 여닫을 때마다 애를 먹였다. 덜컹대며 사막을 달리다 풀쩍풀쩍 뛰어올라, 일행들의 머리는 차 천정에 수시로 부딪혔다.

끝없이 펼쳐진 평원. 많은 시간을 차를 탔고 많은 시간을 걸었다. 걸을 기회가 주어지면 아대로 동여맨 발목으로 쉬지 않고 걸었다. 샌들은 발목을 잡아주지 않아 걸음이 조금만 흔들리면 삔 발목에 극심한 통증이 왔다. 하지만 지현은 걷는 것을 포기하지 않았다.

차를 타면 염치 불고하고 다리를 의자 위로 올렸다. 일행들은 먼지 뒤집어쓴 고린내 나는 발이 좌석 위로 올라온 것을 너그러이 이해해 주었다. 밤에 게르에 들어가 아대를 풀어 보면 발이 너무 부어 펑, 터질 듯했다.

미련 떨다 앞으로 영 못 걷게 되는 건 아닌가. 살짝 걱정도 되었지만 다음날이면 지현은 몽골초원에 발자국을 하나라도 더 남기려 애를 썼다. 둘러보아도 모래와 자갈, 드문드문 마른풀밖에 없는 거친 땅. 하루 종일이라도 걷고 싶었다.

어쩌면 지현은 오래전 몽골평원을 달리던 양치기였는지 모른다. 말도 낯설지 않았고 처음 타는 낙타도 친숙했다. 몽골의 대평원을 달리면 가슴이 탁 트였다. 그러나 처음 탔을 때 말은 등위에 올라앉은 지현이 아무리 가자 고삐를 당기고 배를 차도 완전히 무시하고 풀만 뜯어먹고 있었다.

"말이 사람을 간 보고는 우습게 생각한 것 같은데요."

인솔자인 배 씨가 놀랐다. 그의 말은 주인이 원하는 대로 움직여 주고 있었다. 위엄을 보여주기 위해 지현은 말의 배를 사정없이 힘껏 찼다. 그리고 비명을 삼켰다. 으흑! 왼쪽 발목에 문제가 있다는 사실을 깜빡 잊어버리고 있었다. 통증이 가실 때까지 지현은 한참동안 이를 앙다물어야 했다.

말도 차츰 지현을 받아들여주었다. 몽골인 마부가 있었지만, 잠시만 감시의 눈길이 소홀해지면 불량학생처럼 이탈했다. 거칠 것 없는 몽골 평원에서 지현은 자유로웠다. 낼 수 있는 최고의 속력으로 달렸다. 지현을 믿지 못하는 말이 제가 알아서 속도를 조절하지만 않았다면 말이다.

말을 달리게 하는 만큼 발목의 통증도 심해졌지만 엄살떨면 사고를 걱정한 일행이 지현을 말에서 끌어내릴 것 같아 이를 악물고 참아냈다. 으드득.

풀보다 흙과 자갈이 더 많은 거친 초원과 거칠 것 없이 지나가던 바람, 어쩌면 지현은 그때 피가 기억하는 오래 전의 어느 때를 찾아다녔는지 모른다.

무엇이 그렇게 좋았던 거니? 돌아온 후 오랫동안 몽골을 그리워하던 지현에게 친구가 물었다. 지현은 아련하게 그곳을 떠올렸다. 특별한 유적지도, 빼어난 경관도, 눈길을 끌만한 볼거리도 없던 곳. 지현은 대답했다.

아무것도 없어서 좋았어. 걸어도 걸어도 아무것도 나오지 않고 사방을 둘러봐도 보이는 것이 없어서 좋았어. 그 황량함에 속해 있다는 사실이 가슴 저릴 정도로 행복했어.

바이칼의 전설

……브랴뜨 인의 조상인 호리도이는 어느 날 사냥을 하다가 알혼 섬에서 하늘에서 세 마리의 백조가 호숫가에 내려와 예쁜 아가씨들로 변하는 것을 보았다. 호리도이는 옷을 벗어두고 목욕을 하는 아가씨들의 옷 하나를 감추었다.

옷을 잃어버린 아가씨는 하늘로 돌아가지 못하고 호리도이와 결혼을 하였다. 두 사람 사이에서 열한 명의 아들이 태어난 후 아내는 남편에게 옷을 한번 입어보게 해달라고 했고 남편은 옷을 내어 주었다. 그런데 아내가 그 옷을 입자마자 곧 백조로 변하여 날아가고 말았다……

바이칼의 전설을 말해주었을 때 남편은 말했다.

— 재미있군. 우리 한국에도 나무꾼과 선녀라는 비슷한 이야기가 있는데. 아이를 두 명 낳은 뒤 나무꾼이 선녀에게 날개옷을 내주자 그것을 입고 날아가 버렸다는 이야기지.

그리고 남편은 날개는 고사하고 잔털 하나 없이 매끈한 그녀의 눈처럼 하얀 나신을 보며 부신 듯 눈을 가늘게 떴다.

　- 당신은 정말 백조 같아. 금방이라도 날아 가버릴 것 같아.

　- 걱정 마, 난 목욕하다 잡혀온 게 아니라 스스로 당신을 택한 거니까.

　그녀는 약속하듯 남편의 입술에 자신의 입술을 찍어주었다. 남편의 입술은 달콤했다.

　- 그러나 그들처럼 날 아이로 묶으려 하지 마. 우리 둘만의 시간에 누가 끼이는 건 싫어. 그게 우리들의 아이라 할지라도.

　품속을 파고드는 그녀의 뜨거워진 몸을 힘껏 안으며 남편이 중얼댔다.

　- 근데 말야, 호리도이나 나무꾼은 왜 그리 순순히 날개를 내주었을까?

　달궈진 돌에 물을 뿌렸다. 푸시시 하얀 김이 반야 안을 가득 채웠다. 벌겋게 달아오른 얼굴에서 땀이 송골송골 맺혀 떨어졌다. 견디기 힘들만큼 뜨거워지자 그녀는 문을 열고 나왔다.

　반야 밖은 작은 테라스가 있고 테라스 가까이 바이칼 호수가 있었다. 자작나무 널빤지로 만든 길이 반야와 호수 사이를 이어주고 있었다. 그녀는 바이칼을 향해 빠른 걸음으로 걸었다. 호수에 백조가 몇 마리 앉아 있었다. 호수 건너 노랗게 물들어 가는 자작나무들이 그녀를 지켜보고 있었다.

　반야에서 정확히 열여섯 걸음을 걸었을 때 그녀는 바이칼

호수로 뛰어들 수 있었다. 물의 저항을 온몸으로 즐긴 후 솟구쳐 올랐다. 물 밖으로 고개를 내밀고 참았던 숨을 내뿜는데 후드득 날개 짓을 하며 하늘로 올라가는 백조가 보였다. 가을을 맞은 바이칼은 차갑고 오싹했다. 남편이 달궈주었던 그녀의 몸을, 대신 데워주었던 반야의 열기를 바이칼은 싸늘하게 식혀주었다.

그녀가 이혼을 요구했을 때 남편은 눈물을 흘리며 그녀가 아닌 다른 여인에게서 아이를 가진 것을 사죄했다. 사진 속의 아이는 남편처럼 검은 눈과 검은 머리를 가지고 있었다.

냉기가 살갗을 찌르고 들어왔다. 오래 있을 수가 없었다. 호수 밖으로 나오는데 불현듯 남편의 말이 떠올랐다.

— 근데 말이야, 호리도이나 나무꾼은 왜 그리 순순히 날개를 내주었을까.

배꼽 아래가 근질근질했다. 그녀는 키득키득 웃었다. 웃음을 참을 수 없었다. 그녀는 웃고 또 웃었다. 너무 웃어 눈물이 펑펑 쏟아졌지만 웃음을 멈추지 못했다.

그녀들은 스스로 자유를 선택한 것이 아니었다. 호리도이나 나무꾼이 옷을 내어주며 떠나가도록 한 것이다.

전설은 이루어졌다

마을은 덤불과 붉은 흙더미로 둘러싸여 오랫동안 세상과 고립되어 있었다. 마을에는 오래전부터 전해 내려오던 전설이 있었는데 언젠가 세상을 향해 길을 열어줄 지도자가 올 거라고 했고 전설에 의하면 그날이 멀지 않았다는 것이다.

어느 날 저 멀리서 덤불이 쓰러지고 흙더미가 무너져 내리는 것이 보였다. 그날이 오고 있다는 것을 깨달은 마을은 흥분으로 들떠 술렁대었다. 마침내 마을을 막은 마지막 덤불이 열리고 한 사나이가 모습을 드러냈다.

그러나 막상 나서서 맞이하는 사람들은 없었다. 사나이는 남루했고 가까이 하기도 싫을 만큼 더러웠다. 흙투성이에 지푸라기가 엉겨 붙은 봉두난발에 땟국 꾀죄죄한 옷은 찢겨져 너덜댔고 옷자락 사이로 앙상하게 드러난 갈비뼈는 긁혀 군데군데 피딱지가 앉아있었다.

사나이는 너무나 지쳐 서있을 힘도 없어 보였고, 사람들을 보자 들릴락 말락 약한 소리로 쩍쩍 갈라진 입술을 달싹대었다.

제발 도와주세요. 먹을 거 좀 주세요.

마을사람들은 낙담했다. 그들이 기다리던 지도자는 먹을 것을 구걸하는 그런 비굴한 모습이어서는 안 되었다. 사나이는 사람들을 향해 발을 떼려 애를 썼고 사람들은 그만큼 더 뒤로 물러섰다.

그 때였다 누군가 들뜬 목소리로 소리쳤다.

저기를 보라! 드디어 그 분이 오셨다!

봉두난발 사나이가 헤쳐 만든 길을 밟으며 한 남자가 모습을 나타내고 있었다.

백옥처럼 하얀 옷을 입은 남자는 자신에게 쏟아진 시선을 보고 온화한 미소를 지었다. 마을사람들은 희망에 찬 목소리로 환호했다.

보라, 마침내 그날이 오도다!

흙더미와 덤불을 헤치고도 티끌하나 묻지 않은 정갈하고 단정한 모습으로 찾아 온 그를 향해 사람들은 합창했다.

당신이야말로 우리가 기다리던 바로 그 분입니다!

온화한 미소의 남자는 품위 있게 손을 들어 환호에 답해주었다. 축제 분위기가 된 마을은 봉두난발의 지친 사나이를 잊어버렸다. 오랜 시간동안 흙더미를 퍼내고 덤불을 헤치며 길을 만들어온 사나이는 체력이 완전히 고갈되어 있었다.

온화한 미소의 남자가 지도자 추대를 받는 동안 봉두난발의 사나이는 목마름과 굶주림을 참을 수 없어 기어서 물웅덩이를 찾아갔다. 고개를 박고 물을 마시려고 했지만, 바닥난 체력 때문에 그에게는 고개를 들 마지막 힘조차 남아 있지 않았다. 결국 봉두난발은 얕은 물웅덩이에 빠져죽고 말았다.

이후 세상과 소통시켜 주는 길이 생긴 사람들은 깨끗한 옷차림과 편안한 얼굴로 마을을 나설 수 있게 되었다. 마을은 평온하고 행복해졌고 모두 지도자와 같은 온화한 미소를 닮아갔다.

사람들은 세상과 통하는 그 길을 처음 밟고 온 지도자를 존경하여 그 업적을 후세에 기록으로 남겨 길이길이 찬양하기로 했다. 한편 어린아이도 안 빠질 얕은 물웅덩이에 빠져죽은 봉두난발은 비웃음과 수치의 상징어가 되어 입으로 입으로 전해내려갔다.

그렇게 전설은 이루어졌다.

금돈시굴 金豚始窟

　신라시대 전남 옥구현에 사냥을 좋아하는 최충이라는 남자가 있었다. 인물도 좋지만 체격도 좋은 최충은 험한 산이고 거친 들판을 가리지 않고 돌아 다녔다. 갈만한 사냥터는 다 가본 최충은 내초도에 눈독을 들이기 시작했다.

　내초도는 바다 가운데 홀로 떨어져 있는 섬인데 그곳에 들어가서 살아나온 사람이 없다는 소문이었다. 사람의 발길이 끊어져 숲이 우거지고 짐승들도 많다 했지만 최충의 구미를 당긴 것은 그곳에 산다는 영물 금돼지였다.

　어느 날씨 좋은 날 최충은 쪽배를 하나 구해 물이나 식량은 물론 사냥도구들을 잘 챙겨 내초도를 향해 노를 저어갔다. 보란 듯이 금돼지를 잡아 사람들 앞에 던져 사내대장부의 호연지기를 보여줄 생각이었다.

　섬이 가까워지자 갑자기 바람이 세차게 불기 시작했다. 풍랑이 거세게 일면서 쪽배는 나뭇잎처럼 흔들렸다. 눈앞에서 바다가 일어서더니 산더미 같은 파도가 최충을 향해 달려들었다. 쾅! 배가 부서지는 소리가 천둥소리처럼 커다랗게 최충의 머리에 부딪혔다. 코로 입으로 짜디 짠 바닷물을 들이키며 발버둥 치던 최충은 서서히 정신을 잃어버렸다.

정신이 들었을 때 눈앞이 어두컴컴하였다. 최충은 주위를 두리번대었다. 희끄무레하게 보이는 주변은 온통 바위였다. 내가 왜 굴 속에 들어와 있지? 기억을 더듬던 최충은 자신을 내려다보고 있는 조그마한 두 개의 붉은 빛을 보고 소스라치게 놀라 벌떡 일어났다.

최충의 두 배는 됨직한 몸집의 돼지가 살 속에 파묻힌 두 개의 눈으로 보고 있었다. 굴 안에 새어 들어온 빛을 받아 온 몸이 황금처럼 빛이 났다. 말로만 듣던 금돼지였다.

금돼지가 커다란 입을 벌리며 씨익 웃자 커다란 혀와 벌건 입 속이 보였다. 소름이 끼쳤다. 입맛을 다시는 금돼지 앞에서 최충은 얼어붙었다. 꼼짝없이 죽었구나!

하지만 최충은 금돼지의 먹이가 되지는 않았다. 대신 매일 밤마다 육신공양을 바쳐야 했다. 아침이면 금돼지는 다시 굴을 나갔다. 금돼지가 나가면 동굴의 입구는 저절로 닫혀 주변을 간신히 볼 수 있을 만큼의 빛만 스며들어왔다. 탈출을 하려고 해도 최충의 힘으로는 입구를 열 수가 없었다.

금돼지는 굴속을 비추는 한 줄기 빛이 사라질 때면 돌아와 토끼나 다람쥐 같은 날짐승이나 열매 등 최충이 먹을 것들을 던져 주었다. 강제로 배불리 먹이고 난 후, 금돼지는 잠시 사람의 모습이 되어 최충의 기력이 다할 때까지 육욕을 채웠다.

최충이 밤마다 시달리면서 반대로 금돼지는 더 뚱뚱해졌다. 여러 달이 지난 어느 날 금돼지가 밤새 몸을 뒤틀며 신음소리를 냈다. 괴로운 비명을 지르더니 쑥, 핏덩이를 쏟아냈다.

"응애, 응애~"

최충이 받아보니 온전한 사람의 모습을 갖춘 아들이었다. 몸에서 빛이 나는 점 외에 금돼지를 닮은 데가 하나도 없었다. 자신의 배를 빌렸을 뿐 사람의 소리로 울고 자신과 전혀 다른 모습의 아기를 보자, 금돼지는 크게 노해서 물어 죽이려 했다. 최충은 얼른 아기를 빼돌리고 금돼지를 달랬다.

"부디 노여움을 푸시오. 곧 꿀꿀대며 울고 당신처럼 뒤룩뒤룩한 돼지가 될 거요. 그렇게 되도록 내가 열심히 먹여 살을 찌우고 게으르게 굴러다니도록 가르치겠소."

최충은 아들에게 꿀꿀, 소리를 가르치고 먹고 자고 뒹굴뒹굴 게으름을 피우게 했다. 하지만 금돼지가 없으면 사람의 도리를 가르쳤다. 아들은 매우 영특해 하나를 가르치면 열을 알았다. 금돼지가 있을 때면 어떻게 처신해야 하는지 알아채어 기어다니고 지저분하게 굴었다.

아들이 실수로 음식을 입이 아닌 손으로 잡고 먹다 들켰을 때 금돼지는 분노했다. 꽥꽥, 소리를 내며 아들을 물어뜯으려 들어 최충이 재빨리 이를 막아야 했다.

금돼지를 두려워하는 아들을 위해 최충은 금돼지에게 더욱 사랑을 받으려 노력했다. 그러자니 체력에 한계가 왔다. 건장했던 최충이 말라가자 금돼지는 온갖 약초와 사냥물을 열심히 물어와 먹였지만, 최충은 갈수록 피골이 상접해졌다. 코피까지 쏟아내고 난 뒤 최충은 금돼지에게 사정했다.

"내가 힘이 떨어지는 건 음식이 아니라 햇빛을 보지 못해서요. 부탁이니 하루에 한 번만이라도 바깥공기를 쐬게 해주시오."

그렇게 해서 하루에 한 시진 정도 굴밖에 나가는 것을 허락받은 것은 섬에 들어온 지 세 해나 지난 뒤였다. 수년 동안 보지 못한 햇빛을 보았을 때 너무 눈부셔서 처음에는 눈을 뜨지 못했다.

태어나서 처음으로 햇빛을 본 아들의 감동은 최충보다 몇 배나 컸다. 행복한 웃음소리를 날리며 햇볕 아래 뛰어다니다가 바닷물에 몸을 던져 최충이 가르쳐 주는 대로 수영을 하기도 했다.

최충은 아들에게 이 섬이 아닌 넓은 세상이 있다는 걸 이야기 해주었다. 아들은 그곳으로 데려다 달라고 애원했다.

"그래, 이 섬을 떠나자꾸나. 그러려면 우린 배가 필요하다. 나를 도와주겠느냐?"

아들은 신이 나서 힘차게 대답했다.

"네! 아버님."

아들이 태어나는 바람에 포기했던 탈출이었다. 이제 아들은 걷고 달릴 줄도 알았고 능히 제 몫을 해낼 수 있을 만큼 되었다. 영특한 아들에게 옳은 교육의 기회를 주기 위해서라도 반드시 이곳을 벗어나야 했다.

뗏목을 만들기 위해 나무토막들을 모으기 시작했다. 어린 아들은 최충보다 더 열심이었다. 종종대며 뛰어다녀 힘에 부칠 만큼 큰 나무토막을 구해 작은 몸으로 받쳐 질질 끌고 오기도 했다. 칡껍질도 잘 말렸다. 나무토막들을 단단하게 묶기 위해서였다. 허락된 시간 안에 해야 했고 금돼지의 눈도 피해야 했으므로 일은 더뎠다.

그렇게 일 년이 지나 아들이 네 돌이 지난 해 마침내 뗏목이 완성되었다. 뗏목 위에는 그동안 준비해둔 식량, 말린 고기와 과일들도 실었다.

허락된 외출 시간에 최충은 숨겨두었던 뗏목을 꺼내 아들과 힘을 모아 바다 위로 띄웠다. 금돼지가 눈치 채기 전에 멀리 떠나가려고 힘을 다해 노를 저었다.

"아! 아버지, 저기!"

아들이 비명을 질러 돌아보니, 금돼지가 헤엄쳐서 따라오고 있었다. 최충은 정신없이 노를 저었지만 금돼지의 수영 실력은 생각 이상으로 빨랐다. 이런 속도라면 얼마 있지 않아 잡힐 거고, 달아나려고 한 그들을 금돼지는 용서해주지 않을 것이다.

최충의 머릿속이 하얗게 되었다. 그때 아들이 맨 마지막 나무토막을 동여맨 칡 끈을 풀기 시작했다.

"무슨 짓이냐!"

최충이 당황하여 소리치는데 나무토막 하나가 풀려버렸다. 아들은 다른 노를 들어 나무토막을 밀어 금돼지 쪽으로 보냈다. 나무토막은 물결을 타고 헤엄쳐오던 금돼지 앞을 가로 막았다.

열심히 짧은 팔다리를 휘젓던 금돼지가 멈칫했다. 최충은 금돼지가 멈춘 동안 더 열심히 노를 저어 거리를 벌렸다. 금돼지는 막고 있는 나무토막을 입으로 물어 옆으로 밀었다. 앞이 열리자 금돼지는 다시 헤엄쳐오기 시작했다.

그러는 사이 아들은 또 다른 나무토막을 밀어 보냈다. 금돼지는 나무토막을 다시 밀어냈다. 그러기를 몇 차례, 뗏목 크기가 조금씩 작아졌다. 대신 가벼워져서 속도가 붙었다. 반면에 나무토막과 실랑이하느라 금돼지는 급격히 지쳐갔다. 금돼지의 움직임이 눈에 뜨이게 느려지고 거리가 벌어져 갔다. 최충이 두 손으로 손나팔을 만들어 소리쳤다.

"그대와 우린 사는 세상이 다르다오. 부디 잘 있으시오."

금돼지가 쫓아오기를 멈추었다. 뗏목을 바라보며 바다 위에 둥둥 떠 있는 모습이 커다란 풍선 같았다. 금돼지가 점점 아득해지더니 점이 되어 마침내 사라졌다.

무사히 육지에 닿은 최충은 아들을 키우는데 전념했다. 아들은 매우 총명했다. 가르치는 대로 종이에 먹물 스며들듯 받아들었다. 학식만이 아니었다. 사람들의 마음을 헤아릴 줄도 알고 인품도 훌륭하여 따르는 사람들도 많았다. 그가 경주 최씨의 시조라는 말도 있다.

연오랑과 세오녀

하늘과 바다의 경계가 어둠 속에 뭉개져 있었다. 절벽을 세차게 부딪치는 파도 소리만이 바다가 있음을 증명해주었다. 절벽은 근기국포항 지역에 있었다는 나라에서 가장 먼저 해가 뜨는 곳이었고, 그 위에 마련된 바위 제단은 정확하게 해를 향했다.

신녀 세오는 제단 앞에 단정히 앉아 기를 모으고 있었다. 어둠속에 검게 보이는 제단 위에는 붉은 비단보가 덮여있었다. 세오가 베틀에 앉아 직접 짠 것이다.

근기국은 새해 첫 날이면 왕과 조정 대신들 모두 참여하여 태양신에게 제사를 지냈다. 제물들을 올리는 보는 신녀가 짠 것만 사용했다. 하지만 지금 비단보 위는 비어 있었고 이따금 바람이 훑고 지나갔다.

이제 근기국은 사라진 나라였다. 왕은 죽었고 근기국은 사로국신라에게 병합되었다. 비통해하던 세오의 남편 연오 왕자는 바다를 건너 떠나가 버렸다.

멀리서 희뿌연 빛이 어둠을 흩트리기 시작했다. 바다 저 아래에서 태양이 조금씩 모습을 드러내고 있었다. 어둠이 밀려나면서 그 자리에는 빛이 채워졌다. 바다가 붉은 색으로 빛을 내기 시작했다. 세오는 몸을 일으켰다. 떠오르는 태양을 향해 두 팔을 벌리고 섰다. 세오의 입술이 벌어졌다. 진언이 흘러나오기 시작했다.

"옴, 마흐사다느아……"

진언은 점점 커져갔고 기도는 처절해졌다. 절규 같은 세오의 목소리에 기가 질린 듯 파도 소리는 잦아들었고 바다는 숨을 죽였다.

마침내 태양이 바다 속에서 몸을 온전히 드러냈다. 찬란한 빛살을 받은 물결이 보석인양 눈부시게 반짝거렸다. 뚝, 진언이 끊어졌다. 제단 위에 태양이 둥실 올라앉아 있었다. 그 순간을 놓치지 않고 세오가 비단을 동여매듯 접었다. 자신을 태어나게 한 태양의 정기였다. 신녀였던 어미가 잠든 사이 태양이 어미의 몸속 깊이 들어와 세오를 잉태시켰다고 했다.

정기를 비단보 안에 남겨두고 태양은 하늘로 치솟았다. 세오는 비단보를 차곡차곡 접고 한 발 물러서서 비단보를 향해 온 몸을 낮추어 깊이 절을 올렸다. 몸을 일으킨 세오는 비단보를 들어 소중히 품에 안았다. 돌아서 내려오는 길은 돋을빛으로 환했다.

배를 대고 기다리고 있던 무사가 절벽 옆으로 나있는 길을 따라 내려오는 세오를 맞이했다. 연오가 근기국의 무사들과 함께 타고 떠났던 배였다. 바다를 건너 왜국으로 간 그들은 그곳에서 새로 나라를 세웠고 연오는 왕위에 올랐다고 했다.

세오가 배에 오르자 무사는 뱃사람들을 시켜 닻을 올렸다.

배가 물결을 따라 흔들렸다. 세오는 절벽 위에 우뚝 서있는 제단을 올려다보았다. 제단 뒤로는 세오가 태양신을 모셨던 신전이 있었다. 왕자 연오를 만난 곳도 그곳이었고 평생의 배필이 되겠다고 맹세를 한 곳도 그곳이었다. 울컥, 깊은 곳에서 뜨거운 것이 치밀어 올라왔다.

― 다시는 돌아오지 못하겠지.

목이 메어왔다. 눈동자에 안개가 피어올랐다. 그 눈 속에서 제단이 어른대다가 서서히 사라졌다. 절벽도 점점 작아져갔다. 마침내 모든 것들이 바다 속으로 숨어버렸다. 그리고 오랫동안 망망대해가 펼쳐졌다.

사라국에서는 괴이한 일이 벌어졌다. 태양이 빛을 잃고 이어 달도 빛을 잃어버린 것이다. 낮인지 밤인지 알 수 없는 잿빛 어둠만이 사라국을 뒤덮었다. 나무들은 생기를 잃었고 작물들은 자라기를 멈추었다. 공포에 질린 아이들이 울었고 사람들은 두려움으로 떨었다.

사라국 8대 왕 아달라는 크게 놀라 대소 신료들과 머리를 맞댔지만 하늘의 일이라 속수무책이었다. 일관을 불렀다. 일관은 근기국이 사라지면서 태양신에 대한 제사가 소홀해져 태양신이 노한 거 같다고 조심스레 말했다.

근기국은 삼한에서 가장 먼저 태양을 맞이하는 곳이었고 근기국의 왕과 왕비는 태양을 지키고 달을 지키는 정령이었다. 근기국을 합병하면서 그 제사도 이어받았어야 했다는 뒤늦은 자각에 아달라 왕은 당황했다.

아달라 왕은 신녀 세오와 왕자 연오를 만나러 태양신전으로 급히 말을 달렸다. 하지만 왕이 그곳에서 본 것은 텅 빈 신전과 태양의 정기를 받지 못해 한낱 돌덩어리가 된 제단, 그리고 해가 떠오르지 않는 바다였다.

아달라 왕은 다급하게 그들의 행방을 찾았다. 그리고 그들이 바다를 건너갔고 연오가 새로운 나라를 이루었음을 알게 됐다. 즉시 사신을 보냈다.

사신은 연오 왕 앞에 머리 조아리며 사로국의 변괴를 고했다. 그들이 떠난 후 태양과 달의 빛이 사라져 백성들이 고통을 겪고 있음을 듣자 연오의 낯빛이 어두워졌다. 하지만 돌아와 달라는 간청에는 고개를 저었다.

"내가 여기서 한 나라를 세운 것 또한 하늘의 뜻 아니겠소. 하지만 그곳이 우리들의 뿌리임은 변할 수 없는 사실이오. 내 조상이 묻힌 땅의 태양이 빛을 잃어버리는 것은 나 또한 바라는 바가 아니오. 우리가 갈 수는 없지만, 태양신을 모셨던 신녀라면 태양을 돌아오게 할 방법도 알 거요."

연오는 신하에게 말했다.

"귀비를 모시고 오너라!"

잠시 후 편전 한쪽 편이 환해졌다. 보니 세오가 들어오고 있었다. 세오는 두 손으로 차곡차곡 잘 접힌 붉은 비단을 소중하게 들고 있었고 그곳에서 빛이 은은하게 흘러나오고 있었다. 사신 앞에 선 세오는 비단을 내밀었다.

"태양신에게 바쳤던 비단보요. 이것을 가지고 가서 하늘에 제사를 지내시오. 그리하면 모든 일들이 원래대로 돌아올 것이오."

사신은 세오 앞에 무릎을 꿇고 큰절을 올렸다. 그런 후 두 손으로 비단을 공손하게 받아들었다. 비단을 받는 사신의 손이 떨리고 있었다.

아달라 왕은 사신이 들고 돌아온 비단을 즉시 태양신의 제단 위에 올려놓았다. 제단에는 비단만 올리고 돼지는 물론 갖가지 제물들은 그 아래 놓았다. 제사장은 왕이 직접 맡았다.

비단은 여전히 은은하게 빛을 내뿜고 있었다. 그 빛에 의지해 아달라 왕은 쉬지 않고 절을 하고 축원을 하고 진언을 하고 온 정성을 다했다. 그렇게 하루, 이틀…… 시간을 알 수 없는 날들이 흘렀다.

아달라 왕의 정성이 더 간곡해질수록 비단의 빛도 영롱해졌다. 어느 날, 오랜 제사의식에 지쳐 잠깐 잠이 들었을 때 아달라 왕은 비단에게서 빛이 뻗어 하늘로 닿는 것을 보았다.

환희에 벅차 소리를 지르다 눈을 뜬 왕은 그것이 꿈이 아니었음을 보았다. 바다 저 아래에서 태양이 떠오르고 있었다. 바다는 빛을 받아 붉게 물들어갔고 세상은 찬란하고 눈부셨다.

얼마나 오랫동안 보지 못했던 빛인가. 눈 감으면 사라질까 왕은 빛의 조각 하나도 놓치지 않겠다는 듯 눈 한 번 깜빡이지 않고 지켜보았다. 눈에서는 기쁨의 눈물이 가득 차 눈자위를 넘쳐 뺨을 타고 흘러내렸다.

와아~ 백성들이 환호성을 지르고 있었다.

"태양이다! 태양이 떴어!"

마침내 해와 달이 예전으로 돌아왔다. 나무들도 생기를 되찾았고 작물들도 다시 자라나기 시작했다. 밤이 되면 달빛도 그윽해졌다. 낮과 밤의 경계가 생겨 낮에는 놀던 아이들도 밤이면 잘 줄 알게 되었고 어른들은 열심히 논밭으로 나가 일을 하고 어두워지면 집으로 돌아왔다.

비단은 국보로 삼아 왕의 창고에 소중하게 보관하였다. 그 창고의 이름을 귀비 세오의 이름을 따서 '귀비고'라고 하였다.

이후에도 왕은 그곳에서 해마다 태양을 맞이하는 제사를 지냈는데 그 곳의 이름은 '영일현' 또는 '도기야'라고도 하였다.

* 참고 자료 : 삼국유사 – 일연, 일본 고사기 – 오노 야스마로

비둘기 모텔

1판 1쇄 인쇄 2024년 10월 10일
1판 1쇄 발행 2024년 10월 15일

지은이 이하언
발행인 김소양
편 집 권효선
마케팅 이희만

발행처 도서출판 우리글
출판등록번호 제321-2010-000113호
출판등록 1998년 06월 03일
주소 경기도 광주시 도척면 도척로 1071
마케팅팀 02-566-3410 **편집팀** 031-797-3206 **팩스** 02-6499-1263
홈페이지 www.wrigle.com

ISBN 978-89-6426-112-5   03810

잘못 만들어진 책은 구입하신 서점에서 교환해드립니다.